明
室
Lucida

照亮阅读的人

和解

志贺直哉
中篇小说集

［日］志贺直哉 —— 著　陈若雷 —— 译

北京联合出版公司
Beijing United Publishing Co.,Ltd.

目 录

大津顺吉

上　篇

一

在我的生命中，曾经有过这样的时期，一想到"这辈子爱情终究不会向我走来"，就感到寂寞难耐，对工作也完全丧失信心，根本无法理直气壮地大吼一声："去你的吧，恋爱！"

那时的我，还不是一名虔诚的基督徒。

我在日常生活中远离各种诱惑，将保罗[1]的"你们要逃避淫行"这句话当成座右铭。在我看来，它具体来说就是绝不和一个无意娶其为妻的女子谈恋爱。于是我的生活逐渐走向与女人无缘的境地。

1　一世纪的基督教传教者，一生致力于在异教地区传播基督教，在各地建立教会，后在罗马殉教。——译者注，全书同

十七岁那年夏天，我成了一名基督徒。过了二十岁后，我对女人的欲求越来越强烈。我变得有些孤僻，连自己都厌恶这种孤僻，有时渴望成为一个更加自由的人。然而要想为此改变我的信仰，对于当时的我来说，尚需相当长的时间以及产生动机的各类事件。

从孩提时代起我就讨厌上学，容易对事物产生厌倦，绝不肯把精力花在不感兴趣的事情上。所以在信仰上，我实际上也是一个懒惰者。十七岁起我就一直跟着角筈[1]的U[2]老师学习基督教的教义，我把自己的信仰交托给了他。老师常对我说："世上最危险的事莫过于一个弱者依靠另一个弱者守住信仰。我们应该称之为师的，唯有一人，那就是耶稣基督。"然而一个心性傲慢（说得好听点是一丝不苟）的老师，对与自己信仰稍有不同的弟子，仅是让他们进出家门都会感到不悦。我想他的弟子也都对此有所察觉。而我除了运动和读小说之外没有什么值得夸耀的本事，不想妄议老师。我仅仅认定他是一位伟大的思想家，并对此坚信不疑。

除此之外，老师最让我喜爱的是他那张五官饱满分明的浅黑色脸庞，看起来令人害怕其实很容易亲近。刻印在面颊

1　位于东京都新宿区。

2　指内村鉴三，日本基督徒、评论家，曾留学美国。他提倡无教会主义基督教，当时在角筈开设基督教的讲座。

上的一对深邃锐利的眼眸夹持着高挺的鼻官，有点像尼采或卡莱尔[1]。正如人们把贝多芬看作欧洲第一美男子一样，我个人深信老师是全日本最标致的人。

我只是把"逃避淫行"这句话当成座右铭，对我来说，奸淫罪的戒律是教义中最不和谐的。在学习教义之前的三四年里，我一直享受着男人间恋爱的自由。因有这样的习惯，奸淫几乎成为我唯一的诱惑。在接触教义后不久，我就开始激烈地诅咒自己的肉体了。

那时，我将雷诺兹[2]的《天使的头》的铜版画挂在房间的门楣上。画上画着四五个可爱的天使的脑袋，从脖颈生出小小的翅膀在天空中飞翔。对于屡次诅咒肉体的我来说，这幅画所描绘的是对来世的憧憬。

一天，老师不在的时候，大约有十个弟子聚在一起谈论"复活时肉体会如何？"的话题，一个读文科大学[3]的人说道："我无法认同只有灵魂独自到处飞来飞去。如果需要找到一个寄生对象的话，我希望就是现在的这副肉体。"

那不是我所期望的。因为我还只是个新入门的信徒，所以战战兢兢地小声说道："我认为复活的如果不只限于脖颈以

1　苏格兰哲学家、历史学家。

2　英国肖像画家。

3　旧制帝国大学文学部的旧称，文学部里有很多学科，后文 P13 写到主人公就读的是文学部的英文科，P6 的医科大学是医学部的旧称。

上，将是一件很糟糕的事。那样的话，天国与现世就没有什么区别了。"

没有人理会我。

一个读医科大学的人说道："每天在学校里看到那些浸泡在酒精里的人，就无法相信这副肉体会照原样复活。"

二

那次讨论之后过了五六年，有一年圣诞夜，大家围在一起吃饭，老师愉快地看看全桌的人，说道："你们当中就数中野和大津最滑头了。"我竟然也得到了这样的评价。在那段漫长的时间里，我对自己所要从事的工作有了许多不同的想法，心里也曾有过"自己终会成为一个传道者吧"这样既神圣又落寞的感觉。（没接触宗教之前，我打算做国际贸易赚大钱。）我还想过成为一名哲学家，但最终决定从事纯文学创作。然而在那期间，肉体内涌动的能量一直不断折磨着我。

有一次，老师说了这样的话："基督教最早真正严厉指出奸淫是重罪，并且认为奸淫等同杀人，罪大恶极。"

这句话给我留下恐惧和不快的印象。

那正是我的"精神"和"肉体"不断寻找恋人，却被"境遇"和"思想"阻挠的时候。那样的不和谐把我折磨得痛苦不堪。当时，我把一个比人脸稍大点的维纳斯石膏头像挂在自己房间的壁龛里。并非出自对美术品的喜爱，也非文学上的趣味，总之我对那石膏像的女人产生了一种爱的情感。当情欲无法忍耐的时候，我会亲吻她那冰冷而坚硬的嘴唇。她的鼻子同我的鼻子互相摩擦，渐渐变成了浅黑色。有一次我入浴时，还将她带进浴场，用肥皂把她洗得干干净净。

这样的我，反对老师的主张，写了一篇叫作《关子和真三》的小说。这是我完成的第一部小说。我在其中试图探讨到底何谓奸淫，已婚夫妻之间有时也会构成奸淫罪，而相爱的未婚男女的性交很多时候却并非如此。

三

有一天我心情特别不愉快，独自待在房间思考着一位要好的朋友近来开始害怕起真理的事情。我翻开平时记录随感的小本子，表情严肃地写道："人如果惧怕认识真理，那就是无法挽救的堕落。"

这时，女佣来传话说有位女士打来电话。因为鲜少有人会打电话给我，所以我有些兴奋地走向电话机。

"星期三我想请大家来我家玩，您也来吧……"

"还有哪些人会去呢？"

"明光先生，还有佐藤礼吉先生也会来。"

"几点？"

"您八点钟来吧……这次不跳舞，请一定来……"

"看情况吧。"

"别看情况了，请您一定要来。"

我放下电话回到二楼房间时，心情有了很大的变化。我把坐垫折成四折枕在头底下，躺了下来。

我想起四五年前，新富剧场演出川上音二郎的儿童戏剧《狐狸裁判》和《漂泊的胡琴》时，隔壁包厢坐着一个十二三岁的混血小姑娘，她长着胖乎乎的圆脸，脸上没什么表情。

那之后，我和小姑娘的哥哥成了朋友，并来往过两三次。

过了一年还是一年半，那人在出发去德累斯顿[1]之前，邀请我去他家参加聚会。那天因为我去得太晚，到他家时，大家已经吃完饭，四五个面熟的人正围着客厅的大桌子专心地打乒乓球。我坐在屋子一隅的沙发上看他们打球，这时进来一个面色潮红、喝得微醉的男人说道："那边和室[2]里开始玩歌牌[3]了，会玩的快去呀。大津很厉害吧？"

我一进和室，就看见那儿坐着在新富剧场遇到的那个女

1　位于德国东部，是仅次于首都柏林的第二大城市。

2　传统的日式房间，地板上铺有榻榻米。

3　一项日本独有的牌类游戏。种类繁复、玩法多样，其中最受推崇的是用《小仓百人一首》中一百首和歌制作而成的"小仓百人一首歌牌"。游戏参与者在听到读牌人读出牌上所写和歌后，必须迅速找出印有相应和歌的下句的牌，速度快、找出牌多者为胜。

孩，她已经长大了，美丽的容貌与先前判若两人。她的母亲和哥哥也在，我向他俩打了招呼。女孩却不知为何一脸傲慢的神情，于是我也只对她做出不屑的样子，最终我们也没有说上一句话。

玩歌牌的时候，我曾偶然和她编在一组，我们要并排坐着，按顺序由我到她，对面是她哥哥。这时，女孩急忙站起身，挤到她哥哥那边拼命从背后推他过来，说着："和我换一下。"我暗自思忖："好个傲慢的小妮子！"

那次之后，我在不同地点和女孩遇到过很多次——新桥的停车场、除夕晚上的银座、高等商业学校的外语大会上、歌舞伎剧场里观看八百藏扮演土佐坊昌俊的戏剧时……在上野举办的某个音乐会那次，她坐着马车来，我们在大门口碰见了。在麻布的谷町，我与她擦肩而过。每一次偶遇，彼此都形同陌路。

那时大学里有一个年长于我的朋友叫速夫，五六年前我们经常一起玩。有一次，他对我说："惠勒那里正缺跳舞的男孩，她叫你去呢。"

"我不会跳舞。"

"有很多西洋人来，可以练练口语嘛。"

"我对西洋人不感兴趣。"

"为什么？……什么时候来看看吧。"

"好吧，我找个时间去。"

"嘴上这么说，还不是会被拉过去玩……"他这样说道。

过了段时间，听说速夫和那个女孩交往甚密。不久后的一天，女孩就打来了电话。那是我第一次和她说话。

"男孩子不多，请您一定要来啊……"她的话，在我听来似乎在说："有个刚学跳舞的女孩舞技不佳，正愁没有舞伴呢。"我觉得至少得提防一下，于是回绝了她，她埋怨道："可是之前您不是对速先生说过会来的吗？"

又过了半个月，她再次打来电话，我依旧回绝了她。一次又一次冷漠地回绝对方，使我在之后的一段日子里为此辗转反侧，最终陷入了极度自我厌恶的状态。

那年年末，女孩给我寄来了圣诞卡。收到的当天，我特地去丸善书店，花了很长时间从剩得不多的卡片中选了三张，回到家又挑出了一张寄给女孩。不过这样做本来就是出于我的习惯，和对方是谁没有多大关系。

从那之后，女孩再没有来过电话。速夫与他们家镰仓[1]别墅的邻家的女儿结了婚，不久后进入三井物产公司，作为公司棉花生意的负责人，去了美国的俄克拉荷马州。后来听说曾同他交往甚密的这个女孩患上了精神病。

我的头枕着折成四折的坐垫，脑海里浮现着这一件件往

1　位于神奈川县东南部。多神社、寺院和历史古迹。

事，不由得坐起身，从书柜抽屉里拿出一本女性杂志来。

杂志的卷首有一张活人画[1]的照片，是某个外交官在家中举办庆祝日俄战争结束的宴会上拍的。背景是日出前的大海，英国大使的女儿扮作和平天使，一只手拿着椰子树叶，另一只手高高托起大和姬[2]的手。大和姬的另一只手上停着一只白鸽。她的头发按照神话人物的式样向两边分开，卷曲的发梢轻轻垂在两乳之上，两颊的秀发盖住了耳朵，将丰腴的脸蛋勾勒出更加可爱的轮廓。

四

星期三这天到来了，一大早我就感觉不舒服，身体莫名地疲乏。下午我去了一趟学校，回到家后，就连坐着都感到疲惫不堪。当时我没意识到自己已经生病了。

日落之后，天空阴霾。我躺在床上辗转反侧，忧郁的心情使我迷迷糊糊、犹豫不决。不知不觉到了七点半，我终于下决心叫了车夫，换上大学制服，秋夜寒凉，又加了一件外套。

车停在离那房子五十米远的坡道上，我下车准备走过去。这时，我身后的坡道上两辆人力车飞驰而下，超过我进到那

1　聚会上的余兴节目。表演者使用布景，扮装成历史上的名人，像画中人一样静止不动，供人欣赏。
2　活人画里，作为日本的象征与英国大使的女儿共同扮装的女子。

家的大门里去了。

我在大门口又遇到了刚才坐人力车的两人。熟悉对方的脸和名字，然而却并无交往，这种人与人的关系在都市生活中是常有的。他俩对我来说，正是这一类人。个子高的那个正在挂帽架的镜子前整理自己歪斜的领带。他们都穿着燕尾服和舞鞋。

等他们从右手边那间小屋出来后，我进去挂好了外套和帽子，然后闷闷不乐地走进他俩已经先进去了的客厅。

"啊，您是大津先生吗？"许久未见的女孩的母亲微笑着亲切地迎了上来。她的身旁没有女孩的身影。明光和礼吉也未出现。女孩母亲说着熟练的客套话："这阵子听说您身体不错，那可比什么都好啊！"

"乔治先生一切都好吗？"我问道。

"多谢关心。唉，他是个懒得写信的孩子，和很多人都很久没见了，心里可是挂念着你们的呢……"

她一边说，一边对正在挑选钢琴谱的、二十四五岁的混血女人喊道："高木小姐。"

"唉。"

"这位你认识吧？"

她将一只手伸向我，介绍道："这是大津先生。"然后对着我说："这是高木小姐。"我和她其实以前在这里见过。

就这样，女孩母亲将身穿起了毛的学生服、脚套系带皮靴的我，依次介绍给了"燕尾服"和"晚礼服"们。

"乔治先生还在德累斯顿吗？"除了这个，我找不到别的话题。

"今年春天搬到伦敦去了。原先打算在那里待到明年春天的，可他说德国和自己的性情不和……"

这时，一个把头发分开梳得很齐整的男士挨过来，亲密地对女孩母亲说："阿绢小姐呢？"

我在身后沙发的一头坐了下来。

"她在那边忙着什么吧。"

"病已经完全好了吗？"

听着他们的对话，我看见坐在沙发另一头的一位红脸庞、四十岁模样的西洋人正挪动身子向这边靠过来。就在我觉得不妙时，西洋人用英语跟我聊起我的学校来。他好像是个德国人。

那边女孩母亲正说着女儿生病的事："跟你说呀，有一段时间她吃什么都吐，等于什么都没吃进去。直到刚才都只喝了一点苹果汁，亏她挺得过来呀。五六天前她突然说隔了这么久又想跳舞了。她爸爸很高兴，叮嘱她跳累了就休息。这才把大家都请来了……"

我旁边的西洋人说，学文科的人里他只同弗洛伦兹相熟。

我的外语不好，特别是口语，因此十分抗拒在公众场合用外语交谈。然而附带说一下，我在大学读的是英文科，打算毕业后去乡下的中学当一名英文教师。但是作为毕生的事业，我想从事的其实是文学创作，并且对此充满信心，可当时我并没有写出过一篇能拿到稿费的作品，可见那份自信根本毫无根据。"总得做点什么啊。"尽管这么想着，却根本不知道该做什么。

这种情况就像去问一个七八岁的小孩"你长大了想干什么？"，他可能会说："我要当陆军大将。"（当然我也曾是这样一个小孩。）二者并无实质区别，我只是没有把"我要当世界大文豪"这种话说出口而已。不同的是，小孩不会对此感到不安，我却时常被不安侵袭。

在父亲眼里，我"孤僻、傲慢、易怒、爱哭、懒惰、没有独立精神，怎么看都像个社会主义者"。他常常对我说："你大学毕业后一定要自立，我是把你当成大人才和你做这个约定，知道吗？"

从我读高中起，每次谈到将来，父亲就不忘重提这个话题。他认为必须像世间其他父母一样教育我。可是，每次被他这么一说，我就像胆小的孩子在试胆游戏中被强势的孩子欺负一样，深感孤立无援。

我从未想过自己写的东西可以换钱，也从未想过其他任何情况下自己的劳动成果变成钱，交到自己手中的情形。即使某个时期我可以凭借所写的东西赚取一点稿费，但那也不足以支撑生计，因为我写不了那么多。如果要为生计而写，我原本想要当作事业的"创作"，就变成了"留下大堆无用之物"，并且不是给人类社会，仅仅是留给自己的子孙（那些多少尊重祖辈的人）。

那样的话，还不如做一名中学教师，十年如一日将自己掌握的那套东西一次又一次传授他人，从中赚取生活费，过上安稳的日子。将有限的食物分三顿吃，每日不断重复。如果是为了维持这样的物质生活，那倒是个颇为体面的职业。打着如意算盘的我，全然没有意识到怠惰的初中时代，将会给我自身带来多么无情的背叛。我选择了英文，因为论不擅长的程度，日文和汉文完全一样。

西洋人问我研究哪国文学，我回答日本文学。虽然后来想想觉得这没什么，但当时却使自己的心情陷入了极度不快之中，已经有多少年没有这样明目张胆地说谎了呢。

西洋人又问了我一个什么问题，我没听懂，反问了一遍还是没听懂，只能一脸狼狈地沉默不语。西洋人也面带难色，微笑着起身走开了。我心里很不痛快，漠然地目送着他那浑圆的双肩，他身子微微前倾，迈着安静的脚步离开了。

那时，我发现刚刚在大门口遇见的其中一位男士，正从不远处向这边窥视。

通向大厅的大门向两边敞开，擦得一尘不染的拼花地板清晰地映射着天花板上的灯光。我的心情越来越坏，额头渗出油渍般的汗珠。我强撑着疲惫的身体，到大厅里观赏各种绘画。黑色圆形框里的是文晁[1]的波涛图，其他主要是浮世绘的代表作品。三四年前，我热衷收藏锦绘[2]，北斋[3]八十七岁时亲笔所绘的一组雨中樵夫和渔夫的双幅画深深吸引了我。为了忘却周遭的人事，我企图沉浸在这些画卷中，然而身体不允许，我又重新回到了沙发上。明光和礼吉还没有来。

有一位十六七岁的美丽女孩在我附近走动，她面孔细白，身材高挑，一身和服配着紫色的裤裙。我没有察觉到她就是这家那位久病不愈的女孩。那忧伤的神情、倦怠纤弱的身姿，在周围男女自我陶醉、故作姿态的紧张气氛中，显得格格不入，激起了我深切的亲近之感。少女的腰部在紧身衣的束缚下显得更加纤细，松软丰满的前胸低垂在和服稍稍坠下的腰带上。那似乎是一种模仿洋装的穿法，这也吸引了我的注意。

等我反应过来时，她的巨大变化令我震惊，不敢相信她与我两三天前在杂志照片上看到的大和姬是同一个人。

节目表发下来了，对折的卡片镶着金边，上面用绢带吊着一支比牙签略大一点的颜色漂亮的金属铅笔。男士们立即将卡片交给心仪的女士，邀请对方做舞伴。有的男士收到了

1　日本江户后期的画家。
2　套色浮世绘版画。因色彩丰富、鲜艳似锦而得名。
3　日本江户后期的浮世绘画师。

女士的卡片，正在上面写着自己的名字。

"您呢？第一支曲子和谁跳？"女孩的母亲来到一直坐在沙发上的我身旁。

"我不会跳舞，观摩一下。"我像是叹气般回答道。

"欸，您跳得应该不错吧……"她笑着说。

我想说"我这鞋底可连鞋钉都没有"，但我不是可以轻松说出这种话的性格开朗之人，况且当时的心情使我变得更加严肃，不愿作答。

"远藤先生的夫人来啦。"女孩的母亲招呼着一位漂亮的混血女人。她是离我家五十米远的一家外国公司代理店的经理的妻子，性格内向，心地善良。

"您第一支和谁有约吗？"女孩的母亲问远藤夫人。

"有的。"

"第二支呢？"

"没有。"

"是吗，那您约大津先生吧。"

远藤夫人轻轻点了点头走了。我当时已经没有立刻拒绝的气力了。

"第二支是什么呢？"女孩母亲拿起用铅笔别在腰带上的节目表，边看边说，"是两步舞，很简单，一学就会。"说完也走了。

很快，客厅里男女二人一组排成了两列。那个姓高木的女人弹起了钢琴，大家都跟着琴声跳起舞来。

以我的性情和兴趣来说，这些原本都是我所喜爱的。可是，我的禁欲思想以及由此塑造的第二性情和兴趣，超出了本来的，从而过于明确地支配起我的意识。久而久之，我不得不把它看成是情理之中的事。我有意向那些涨红了脸来回炫耀舞姿的人投去轻蔑的目光。如今的我，为当时怯懦的内心感到羞愧，可就算再遇到同样的事，我能顺从原本的性情和兴趣吗？大概不能。

跳完舞，近二十个男男女女走进我所在的房间。

我还没有和女孩打招呼，她时不时朝这边张望，当时我的脸上应该流露出了不想她靠近的神情。

第二支曲子即将开始的时候，年轻内向的远藤夫人来到我身边。

"抱歉。"我本想尽量以温和礼貌的语气拒绝她，但当时的情绪以及身体的不畅快令我的声带背叛了自己的初衷。

远藤夫人脸颊绯红，点点头走开了。

两步舞，溜冰舞，接着是第四支舞华尔兹。

不知怎的，我深深陷入郁结的心绪中，依旧坐在沙发上，整个人仿佛凝结成一个忧郁的冰块。

强烈的灯光照射在人们的头和背上，他们一边疯狂地跳舞一边说笑，似乎很开心。

女孩的舞伴是个身材高大的西洋青年。他左手托着她的身体，右手高高举起她隔着手帕与他相握的左手。女孩的身体轻盈地一圈接一圈飞转，每一次旋转，双脚都几乎飞离了地板。然后她疲惫地将头歪倒在自己的肩膀上，青白的面颊泛起了血色。

最后她实在累得撑不住了，便在舞伴的耳边私语了几句。西洋青年点了点头，一边继续着舞步，一边搂住她灵巧地穿行于众人之间滑出了舞池。

女孩独自来到我斜对面墙角的椅子上坐下，随手拿起团扇扇了起来。

她时不时向我这边张望。我却只注视着跳舞的人群。过了一会儿，女孩像是不经意地站了起来。我纹丝不动，保持着先前的姿势，身体更加僵硬了。那时如果我换上一副轻松的姿态，她一定会过来和我说话的。女孩用身体同我搭讪，我的身体却失去了答复她的自由。她就那样走到钢琴旁，轻轻倚在一侧，神情自若地望着舞池。我也望着舞池，注意力却一刻也未曾离开视野一隅的她。

女孩毅然转过身来，刚迈出四分之一步又停下了，垂下头来。最后她垂着头径直向我走来。

在我身边坐下后，她一句也不提跳舞的事，更没提明光和礼吉为何没来，只说了一些哥哥和速夫的闲话，"两三天前我收到了速先生的信，说夫人有孩子了呢"。女孩微微一笑，带着孩子气的恶意。

闲谈间，我郁结的心绪好像解开了似的，感到轻快起来。

"我和哥哥一起去看歌舞伎的时候，您到六代目[1]的后台来了吧？"女孩问我道。

"是的。"此前我一直忍受着自己孤僻忧郁、深埋恶意的不快心绪，现在却进行着毫无意义的小孩子间的闲聊。

"我们还一同看了川上的儿童戏剧对吧？那时我才九岁还是十岁来着。"她窥视着我的脸。

"没那回事。"我回答道。

舞蹈一直没有结束。

"你去看东京剧场的《道成寺》了吗？"我问道。

"是的，很不错呢。您喜欢舞剧吗？"

"我很喜欢日本舞蹈，像这样的西洋交际舞看了就不舒服。"我实在没法将讽刺的话说得更轻松一些。

女孩却不甚在意地说道："十一号我们要去明治神宫参拜，您也一起来吧。家里一位亲戚是左团次[2]的戏迷呢。"

结果我又只对她说出了一些难听的挖苦话："我讨厌待在一群陌生人之中，无聊透了。"女孩听了却笑了，我的心情也一点点明朗起来。

---

1 指歌舞伎屋号音羽屋第六代的尾上菊五郎。
2 歌舞伎屋号高岛屋的演员的艺名。

舞会一结束，大家来到摆好简单饭食的隔壁房间用餐，女士们手里早早捧上了装满食物的盘子和斟满饮料的杯子。男士们也都拿好了空盘子。那时我紧绷的心情感到了些许的自由，便打算回家而没有去拿盘子。女孩的母亲见了，给我端来满满的一盘食物。我一点食欲都没有，这才意识到自己可能生病了。

不多会儿，我和女孩、她的母亲还有其他三四个说过话的人打了声招呼便离开了。时间已过了十二点。

五

翌日早晨我依旧感觉不舒服，早饭也不吃一个人躲在房间里，反复想着昨天晚上的事。越想越觉得自己可恶，用通俗的话说我就是个"未开化的男人"。我不明白自己什么时候变成了这样一个人。

女孩美丽修长的身姿、孩子般单纯的话语一一浮现在我的脑海里，我久久沉浸在对她深深的迷恋中。

我决定给她写信——啊，孤傲的心！——我打算把昨晚的不快写下来寄给她。

但午后又我放弃了写信，决定直接去跟她说，于是撑起疲惫的身体，穿上洋装出了家门。

幼年时代后，我就没有交过一个女性朋友，所以这可以说是我的初次体验。而那个女孩是有很多男性朋友的，想必我的来访并不会使她感到突然吧，这稍稍给了我一些勇气。

但是那天，我最终没有去女孩家，因为途中我遇见了她的母亲。

我又不想就那样返回家去，于是去找了住在涩谷的朋友，朋友不在家。我只好拖着没出息的身体，走到朋友家后面宽广的平地，躺在树荫下的草地上，久久地叹息着。

白云静静浮动于清澄、高远的天空。乌鸦时而打空中飞过。

不知不觉我睡着了。醒来时，太阳落了下去，周围的景物都蒙上了青色，成群的乌鸦急急地从天空这边飞向那边。我的心绪轻快了许多，不打算去朋友那儿了，就叫了辆人力车回家。

六

回到家，大妹和二妹飞跑而来，大妹急切地说："哥哥，医生说高子妹妹得了赤痢……"边说边做出拉肚子的表情。

"五天内，我们谁也不能出去。"二妹又加上一句。守门人正在门口撒石灰。

晚上，我也开始闹肚子。医生说我的症状类似赤痢，但病状较轻，无须向警察汇报。

踏进谷中寺庙的正门，左边有一个小石门，进去后右边就是我家堂屋的厨房，左边尽头是另一栋黑帮[1]修建的二层楼厢房的大门。这个独门独户的厢房在我们家被叫作"学仆[2]房"。楼下住着一个刚从农村出来的学仆，我住在楼上，从它建成以来我在那儿住了十多年了。

四岁的高子妹妹被安排在堂屋最里面母亲的房间里，由母亲和护士照顾，与其他人断绝接触。我则由七十二岁的祖母照看，"学仆房"那连接上下楼、陡峭而危险的楼梯，就成了隔离的分界线。

祖母睡在我隔壁四叠[3]半窄小的房间，里头放着书柜、桌子和椅子。祖母时常起来为我更换暖肚子的魔芋，把凉的换成热的。她夜里每两个小时起来一次，用干的平织布巾把煮好的魔芋包好，再用毛巾卷起来，帮我塞进围了好几层的法兰绒腹带里。这似乎非常有效，我的肚子渐渐热起来了，肚皮也火辣辣的，我感到舒服多了。

我生病的时候，没有一次不是祖母照料的。六岁时患传染性很强的伤寒，也全是由祖母一人看护。其中一个缘由或

1　明治末期的"黑帮"在日本人心目中与现在有所不同，更类似于"侠士"。他们由武士组成，秉着武士精神，扶弱济贫，抵抗强权。黑帮的活动有收取保护费、建造房屋、派管劳工等。
2　指旧时寄居在大户人家，一边为主人打杂一边求学的男子。
3　1叠约为1.62平方米。

许是我拒绝祖母以外的人吧。

"无论什么传染病,只要有战胜它的决心……"这就是祖母的信念。

相隔多年,我又得到了祖母的悉心照料。我仰面躺在床上,让祖母给我换腹带里的魔芋。儿时的情感涌上心头,祖母身上独特的气味让我回忆起了小时候,那时祖母总是抱着我,让我在她怀中入睡。

虽然朋友听了我的故事笑话我说"你是狗啊",但这次经历让我发觉自己能辨别出许多人身体的气味,那些独特的气味如同一张张不同于他人的脸。

七

过了十天左右,我的病慢慢好了。随着身体的好转,我逐渐变成一个馋鬼。竹叶的鳗鱼、风月的西洋菜、大金的鸡肉、梅园的年糕小豆汤[1]……我躺着,脑海里不断想着这些美味。可是刚吃一点固体食物,肚子就闹得不得安宁,我不得不将怀炉时时放在下腹上,这样才好过一些。

到了可以出门放风的那一天,我跟家人说去散步,却来

---

1 竹叶、风月、大金、梅园,全是日本知名美食店铺。

到土桥尽头的壶屋[1]阴暗的二楼，找来奶油点心，用勺子挖出奶油，舔了个干干净净。

倒也不是吃奶油吃坏了肚子，但没多久我的赤痢复发，大量便血，发展成了慢性病。

我在一只巨大的金属火钵里加满炭火，将房间烤热，然后钻进被窝，带着悠闲的心情看起书来。

因为怀炉片刻不能离身，我干瘪的下腹起了许多皱纹，不知从什么时候起，那里的皮肤被烤成了红褐色。

女孩从那次后再也没有来过电话。

我也从那时候起不再想什么竹叶、大金和风月了。

---

1 日本知名点心老铺。

下 篇

一

　　每年的春末到夏初，我的大脑总有些不太正常，状况一年不如一年。那段时期心情也如浮在泥水上的金鱼，焦虑的情绪使我承受着比金鱼更痛苦的煎熬。

　　在那样的一个午后，我独自在二楼的房间里躺着。这时，隔壁西洋人的家的草地上传来鹦鹉尖厉的鸣叫。我眼前浮现出鹦鹉伸出浅黑的圆圆的舌头，拍击着翅膀，一边摇动脑袋一边高声鸣叫的发怒模样。我想，如果人在这种时候可以模仿鹦鹉该有多好。鹦鹉叫个不停，我的心情也逐渐焦躁起来。

　　过了一会儿，鹦鹉开始不断喊出各种各样的号令，虽然吐字不清，但语调颇像那么回事："齐步——走！""立正……"

　　我家屋后驻扎着一个师团，西洋人的家对面邻居是旅团司令部。鹦鹉自然地记住了这些号令。

十七八岁、肤色浅黑的女佣千代登上了楼梯，跪在地上对我说："茶水准备好了。"

我起身来到檐廊上，望着邻家寂静的庭院。鹦鹉正拼命地抻着短脖颈全神贯注地啃咬笼子上的铁丝。

我来到餐厅。喝着茶时，突然前面建仁寺围墙外响起七八个人的脚步声，他们大声嚷嚷着从仓房那边向后院走去。

"怎么回事？"我和千代面面相觑。

"尽量借个长的来。"只听外面有人说道。

我立即趿拉着拖鞋跑出去看究竟发生了什么事。

原来是一些士兵，"怎么样，这个稍长一些吧？"其中两个穿着脏污工作服的人正要取下挂在杂物间檐下的三架梯子，他们对我视若无睹，挑了其中一架扛着朝仓房那边走回去了。我跟了过去。

"怎么样？够得着吗？"伍长说。他身后有五六个士兵正朝三层楼的土墙仓房的屋檐张望。

"爬上去看看吧，还好，不太高。"

"可是有树……"

"没事，挂在那个钉子上就能看见。"

伍长手里拿着一块一叠多大的布制靶子，一个士兵从他手里接过靶子，登上了梯子。我忍不住发火了，他们吃惊地望着我。

"喂！还不快下来！"我表情严厉地仰头看着梯子上的人，叱责道。

伍长开始辩解说是接到了山本小队长这样那样的指令，我没有理睬他。

小妹和千代听到我的吼声跑了出来，接着，淘气的小狗小白和机灵的老狗小红也跟着跑来了。小白兴奋地一直缠绕着我的腿，瞬即又将它雪白浓密的狗毛扫过士兵脏污僵硬的绑腿。

千代隔着几步路远，对我说："早上老爷出去之后，士官就来了。"

"什么？"我将怒气转向千代问道。

"我也不知道怎么办，"她笑着说，"就告诉他们老爷不在家。"

我又看向伍长那边，说道："那怎么行呢？请他们回去！"

士兵们不明白我为什么那么激动，我只是一个劲儿地像鹦鹉发出尖厉的鸣叫那样大声嚷嚷。小妹吓得逃回了屋里。

不过伍长和士兵都是善良的人，他们把梯子放回杂物间的屋檐下，卷起靶子回去了。

因为聚集了很多人，小白自个儿欢蹦乱跳着，一会儿扑向我，一会儿扑到千代身上。

我板着脸回到自己的房间。但其实那个时候，我的心情早已平静了下来。

二

小白的淘气让大家都感到头疼。它把妹妹种的花草连根拔起，咬断木屐带子，还将父亲精心照料的盆栽里的泥土掘了出来——或许因为里面浇了煮鱿鱼干的汤汁吧。总之它没有一天不干坏事。下雨天雨刚止，它爪子上沾满泥水就在客厅里来回乱窜。有时我挥舞着竹扫帚大声呵斥它，满院子追着它跑。最后小白走投无路,撅起屁股,将肚子脖子贴在地上，眼睛眯成一条缝, 服服帖帖的, 可一不小心就撒出尿来。尽管如此, 我揍它两三下也就原谅了它, 它又马上来缠我的腿, 这样的事发生了很多次。

有一天, 我从学校回到家, 正要走去餐厅外的檐廊, 就看到小白耷拉着尾巴从院子向我飞奔过来。我停下脚步看了看, 只见千代像我一样举着竹扫帚从仓房的一角冲了出来。她一看见我, 就急忙笑着转过身去, 从耳朵到脖颈泛起一片红晕。

"它又干坏事啦? "我问。

"……"千代只是背对着我笑个不停。

"小混蛋! "我丢下这么一句, 回到餐厅。

给我沏茶的女佣阿松对母亲说: "千代出门穿的木屐的带子被咬断了。"

"唉, 真拿它没办法啊。"母亲说道。

这时，千代红着脸从院子回到屋里。

"听说你的木屐带子被咬断了？"母亲一边缝着浴衣一边问道。千代笑而不语。

"已经不能穿了吗？"

"嗯。"千代笑着应道，接着又对我说，"刚才有人打电话找您。"

"谁打来的？"我问。

"我问了，没说。"

我想说不定是那个女孩，便问道："是女的吗？"

"是，"千代含含糊糊地答道，"她说回头再打来……"

"好的。"

祖母和母亲一直沉默不语，但我总感觉她们知道点什么。

三

等对方再次打来电话已经是晚上了。

"我打了好几次电话，本来不想再打了。但昨天回来了……"那个女孩说道。我根本听不懂她在说什么。只听她继续道："今天呢，是有件事想拜托您……"

无论是谁，这样没有头绪地自说自话都令我讨厌。因为不知道对方所说之事的严重程度，会让我觉得不安，心里直打鼓。

我沉默不语。

"您能给我一张您的照片吗？"女孩问道。

"那你先把你的大和姬的照片给我一张吧。"

"哎呀，那不是我。"

"不，是你。"

"您要是给我，我就拿别的给您。"

"现在没有，等照了以后再寄给你吧。"

"之前我哥哥也要给您照片来着，对吧？"

"嗯，本来你哥哥应该寄来的，但没收到。"

"那张在我家里呢。"

最后我们约好她把她自己的和哥哥的照片寄来，我近期也把照片给她寄去，然后挂了电话。

我不明白她说的"打了好几次"是什么意思，还有"昨天回来了"指的是什么事。我不得不怀疑我不在家时女孩打来过电话，而千代故意瞒着没告诉我。

我把千代叫来，有些粗暴地问她："我不在家时，这个女人打来过电话，是吧？"

"嗯。"

"为什么我回来的时候不告诉我？"

千代只是一脸严肃地瞪着我，什么也不说。

"嗯？"我催问道。

"老太太说不用通报。"

"她打来过几次？"

"两三次。"

"知道了。"

我生气地转向桌子。千代一声不吭地起身离开了。

翌日我只收到了女孩寄来的她哥哥乔治的照片，又过了一天才收到了女孩自己的。恰巧那时我在餐厅，我当场打开信封，把照片先拿给母亲看，接着祖母也看了照片。她们俩对照片里女孩的衣着评论了一番。那是一张身穿和服的全身照，袖子连到衣裾，衣裾上绘着海浪与仙鹤的图案。

我在照相馆照了一张照片，还托擅长摄影的朋友也拍了两张。照相馆寄来的照片上印着一张阴沉的脸，表情太严肃了。朋友拍的其中一张，按世俗的审美标准来说还算标致。不过要是以贝多芬或 U 先生的长相作为美的标准来判断的话，照相馆那张表情严肃的才是最好的。我不得不考虑这一点。我犹豫了。贝多芬伟大，莫扎特也伟大。米开朗琪罗伟大，拉斐尔也伟大。此外还有屠格涅夫和托尔斯泰。比较来比较去，我最终还是选择了表情吓人的那一张。对方寄来的照片什么都没写，于是我也什么都没写就这样寄了去。

当天晚上，女孩打来电话。

"您会把我的照片单独收起来吧？"

"不会。"

"那放在哪儿呢？"

“和朋友的一起放进书箱里了。”

“那可不行，必须另外放……要是给别人看见，我会生气的。您也不要常拿出来看。”

“知道了。”

其实我没仔细看那张照片，或许因为照片里的她没有本人漂亮。自从去年秋天见面以来，半年间她又长胖了，全然不是我在脑海里描绘的模样，简直像换了一个人似的。

四

烦闷的心绪随着阴沉潮湿的天气而来，让我难以摆脱，并且时常与对他人的不满一同折磨着我。那段日子也不知为何我对祖母怀着无法忍耐的不满。她似乎在提防着我，这使我焦灼不安。我被这种情绪折磨，曾两三天都没主动开口和她说过一句话。祖父在前一年新年得胃癌去世了。七十多岁的祖母把我当作她唯一的希望，我有时感到自己的行为对祖母来说有些残忍。然而除了她以外，没有第二个人可以让我安心放纵自己的残忍了。这反而成了我的借口。

一天午后，我在二楼房间翻阅新到的外国杂志时，祖母上楼来了，带着一副讨好的口气对我说：“角筈那边，你什么时候去？”

过了一会儿我才答道：“明天。”

"庭院里的枇杷熟了，拿一些去吧？都已经招来乌鸦了，再等下去就剩不下多少了……"

祖母见我不搭理她，就走去檐廊眺望屋外的街道。我知道祖母还在那儿，无法专心阅读手中的杂志，于是打开另一本同时寄来的叫作《剧场》的演艺画报，扫了几眼上面的照片。

"那是美国的田中先生寄来的？"祖母问道。

"是的。"

"你也给他寄点东西吧？"

"已经寄了。"

"也是杂志吗？"

"嗯。"我怕多说一个字就会显出好意，所以努力简短回答。

"最近杂志里有什么精彩的小说吗？"

"不知道。"

对话又断了。

祖母倒背着手，仔细地打量起了门楣的木框。

"你有没有什么想要在丸善书店买的书？"

"现在不用。"

又是一阵沉默。

祖母终于像是忍不住了，自言自语道："明天要是带枇杷去老师家的话，今天就得叫熊吉或庄兵卫摘一些下来。"说着她轻手轻脚、小心翼翼地从陡峭的楼梯下去了。过了一会儿传来"咚"的一声她走下最后一磴梯子的声响。

那之后我一个人哭了起来。我一哭就犯头痛，不知不觉睡着了。

我被千代的声音唤醒，她来告诉我茶点备好了。天花板上显现着我心情沮丧时最不愿看见的光景——刺眼的红光在那儿闪闪晃动。无论何时，一看到这番景象我就会焦躁不安。

邻家的温室就紧挨着我家的院墙，从我二楼的房间便可窥见。那温室后边遮盖在房檐玻璃上的苇帘，在一次暴风雨中被吹破了，之后，照射在那里的夕阳就会反射到我房间的天花板上，摇晃着耀眼的红光。这强光让我无法忍受，特别是在夏季。到了冬天，那边烧暖气的煤烟随风飘到我房间的檐廊上，就像一个个淘气鬼排成一列，一团团滚来滚去。如果我忘了关上拉门，它们就会溜进来到桌子上游戏。有一次我实在生气，甚至想写信向邻居发牢骚。不过也不尽是坏事。夜阑人静的时候，我起来读书，周遭一片寂静，孤独不由袭上心头。那时可以听到长火钵上的铜壶咕嘟咕嘟发出蒸汽的醇厚的响声，好像老人在喃喃低语。我知道那声音来自何方，它给我不安的心绪带来莫大的安慰。所以也并非只有令我讨厌的地方。

我起身关上靠邻家温室那一边的挡雨窗，走下楼去。

束着臂带、头顶手巾的千代，正在铺着花草席 [1] 的檐廊上压平单衣。她看到我，就将我先前随意脱在那儿的木屐重新摆好。

五

从餐厅回到屋里，我想"干脆什么都说出来吧"，于是打开楼梯上方的小玻璃窗，对楼下还在那里压平衣服的千代喊道："叫奶奶上二楼来……"

"您有事找她吗？"千代微微张着嘴，仰起头问道。

"快点！"说完，我在房间来回踱着步子等着。祖母磨磨蹭蹭地登上最后一级楼梯，"哎嗨"一声走了进来。

"什么事呀？"她异常温和地问道。

"如果您想监视我，哪怕有一点这个心思，那您可就打错算盘了。"我突然冒出这么一句。但祖母似乎立刻就明白了我想说什么，换了一副语调说道："你都不知道你父亲平时是怎么说的，还来怪我。"

"这事和那个无关。"

"你说说我到底监视你什么了？"

"就算没做，有这个想法也不行。不光对我，对房子和顺

---

1 用灯芯草编织出山水、花草图案的席子。

三也一样。"

"照顾孙儿辈，光是你我都够烦的啦。"祖母说着，挤出一丝笑容。

"我希望您说的是实话。"

"随你怎么想吧。自己什么事都做不成，尽说别人的不是，欺负我这个上了年纪的老太婆。"祖母面含愠色地瞪着我，"你这么对我，你父亲和亲戚们还说是我这个老婆子把你惯坏了，所以你才这么没出息。我看我还是早点死的好。"

祖母这是在过分贬低我，听起来有点可笑，我回道："您这么说我，您知道我在做什么、想什么吗？"

"我怎么不知道。每天睡懒觉，旷课逃学，不是去朋友家，就是一伙人跑去哪儿玩，戏院呀曲艺场什么的……"

"那又怎么样呢？"

"要说指望你什么事，连一封信都写不成，不会写也就算了，连读也不会……"

那时叔祖还在乡下当村长。他们家寄来的信，总是由我念给大家听。老一辈的信多是用毛笔匆匆写就，内容很难看懂，于是我每次只念一下估计会写到的客套话，说着"大概是这样吧"糊弄过去。祖母让我写回信，我几乎没有写过候文[1]的

1　一种日语文言文的书信体，出自变体汉文。

书信，即使加进口语也无法将意思表达清楚。给叔父叔母他们写信不是一件容易的事，于是祖母常常叹着气说："这可咋办呀。"

"总之，我也不奢望您立刻就能理解，不过至少不要来干涉我。在世人眼中我或许是个窝囊废，但我不在乎。即使您严密地监视我，也不能改变什么。我要行动起来，不管您高不高兴，我都要做些什么。这个'什么'即使说了您也不懂，您只要相信我就行了。别的我也不指望。您的过分行为也要克制一下，不然就是让我为难了。"

"总之您不会懂的，就无条件地相信我一次吧。"我不断重复这句话。

祖母不明白我在说什么。她想不通这个从三岁起就没离开过她身边超过三个星期的孙子，心里到底有什么是需要她理解和相信的呢？即使有，又是什么时候产生的呢？祖母陷入了沉思。

然而这次交谈后，我感觉畅快了许多，祖母看上去也似乎心情不错。

二妹来了，在隔壁房间双手触地行了礼，说："哥哥请用饭，奶奶请用饭。"

吃饭的时候，大家突然临时决定第二天祖母、大妹和我一起去明治剧场观看堀江[1]的人偶剧，曲目是《忠臣藏》，大隈太夫演唱第七段的由良之助和第九段的一幕戏。

六

我不知不觉渐渐爱上了千代，特别是在心情郁闷的时候这种感觉越发强烈，不开心时和她聊聊天，心情总会马上好起来。

我在七月十一日的日记里记下了这样的文字：

> 我对她的感情不只限于喜欢，因为想起她时，心里必定感到一种痛苦……三个小时未见她的身影就会觉得寂寞难耐。她似乎也喜欢待在我身边服侍我。我为什么连表达爱的勇气都没有呢？说得极端些是怪自己太圆滑。因为我虽然爱着她，却也清楚地知道她不是一个美丽的女人，甚至不是一个能理解我和我的工作的女人。总而言之，我绝对不想和她结婚。不打算结婚却要表达爱意，只会给她带去莫大痛苦。

> 我决定什么都不说，也不会再用目光追随她的身影。不过一天里两个人视线总有好几次交会的时候，这也必

1　在大阪府北堀江市成立的人偶剧团，下文的大隈太夫是其第三代团长。

须避免。

七月十五日我写道：

　　外出时我也开始记挂着家里的事。千代至少对我个人来说是个漂亮的女人。以往我把未来的妻子幻想成绝代佳人，任何其他女子和她相比都成了丑妇。我也曾经拿千代来做比较，可是如今千代已将她从我心中清除，成了我唯一认可的既美丽又可爱的女子。或许我还爱着K.W.。不过很清楚的是，我绝对不可能跟那个有贵族主义倾向的女人结婚。

　　我下定决心，如果自己不是很了解一个女人，并同时使这女人了解自己，便不可与她结婚。其次如果不是我爱她，并同时也能让她爱我的女人，我也不会结婚。最后，与自己的事业相抵触的婚姻，是断然不可接受的。因为这最后的条件，我和K.W.无论如何都是不相容的。我非常明白这一点。

　　而在这一点上，千代丝毫不会带来冲突。

　　我对自己和千代之间的主雇关系甚感不满。

七月二十日我写道：

打从爱上了千代，我对用人产生了一种至今没有过的同情。第一次想着他们在厨房吃着什么样的食物，也第一次注意到他们在受雇期内，不曾享受过我每天洗澡时用的、没有一点污垢的清澈的浴池。

我昨晚和千代聊天，谈到她从小和我一样在无拘无束的环境中长大。在家里深得父母和哥哥的宠爱，就像祖父祖母爱我那样。听她说的这些话，我心里有种异样的感觉。

我有一个怪癖，一天中要神经质地洗好几次手。特别是在夏天，总要跑到澡堂去，用那儿的自来水洗手。澡堂小窗下的井畔水泥地是千代常去洗衣服的地方，衣服一多，她就会跑到那儿去洗。我经常透过那扇小窗和千代四目相对，心里想着不看偏又偷眼去瞧，千代就总是像生气了似的看着我。

七

一天下午，我正在楼上的房间看书，忽然街上传来凄厉的狗吠，接着听到棍棒之类的东西吧嗒吧嗒捶打皮肉的响声。绝望的哀号和击打声交混在一起。过了一会儿，狗吠渐渐微弱下去，击打声仍旧持续着，最终什么都听不到了。

我突然心神不宁，走到檐廊朝那个方向张望，梅树繁茂的枝叶挡住了我的视线，只能看见路面上邻家最小的孩子，那个今春开始上小学的胖男孩，肩上扛着撑开的大伞，神情紧张，眼睛盯着两三步远的地面，急匆匆地向这边走来。他脸色难看，喘着粗气，低声自言自语道："狗被杀了……狗被杀了。"

拉着货车卖烟袋管的老爷子连声喊道："小哥儿，小哥儿。"那男孩没有答应，径直迈进自家门里去了。

我突然担心起来，"莫非……"，于是立即下楼大喊："小白！小白！"

小白低着头，耷拉着尾巴从院子跌跌撞撞、连滚带爬地跑来，猛地扑到我的怀里。不一会儿，小红也从院子那儿跑来了。

"哎呀，今天是怎么了？"晾完衣服走下楼来的千代见了，笑着说道。

"刚才街上有一只狗被打死了。"我回道。

"哎呀！"千代露出一副吃惊的表情。

"小红也一起，给它们一些零食吃，暂时不要放它们出去。"我吩咐完就走去大门那里看看究竟。一位穿着单衫、长相不似普通劳工的眉目清秀的小伙子，拉着一辆盖着草席的大板车，快步从我面前经过。从那涨红了脸的兴奋表情判断，他无疑就是行凶者。

三四天后，小白突然失踪了。我总觉得这只小狗关联着我和千代，见不到它我感到说不出的落寞。我想着小白有一身纯白柔滑又浓密的狗毛，或许因此被人杀了或偷了去。不管怎样，我先报了警，再让车夫和看门人在附近四处找找。千代也一边照看着快五岁的高子，一边到街上寻找。

小白失踪两三天后，家里人意外地在烧火女佣堆在杂物间的炭包后面的缝隙里，发现了它的尸体。

我去看的时候，尸体已经被移到杂物间外边来了。雪白的狗毛沾着炭灰，显得有点脏。它前腿向前、后腿向后直直地伸展着，肚子紧贴地面，全身软塌塌地平铺在地上死去了。称得上它叔叔辈的老狗小红站在那里，撅着下巴颏，面无表情地对尸体看也不看一眼。街坊邻居讨厌的是小红，所以大家都觉得是原本谁喂给小红的毒饵让小白误食了。

站在那里茫然若失的千代，看见小红弓着背啃咬侧腹的跳蚤，猛然一把抓住它："你真是可恨！"说着抬起手重重朝它头上打去。大家见了都笑了。

八

进入八月，我要带祖母、两个妹妹和一个弟弟去箱根的芦之汤温泉。祖母说要带一个女佣，想叫千代跟着去，我没有同意，最后决定让资历老的阿松和我们一起去。

"奶奶说想带你去的,"我把千代叫到自己房间跟她说,"可是阿松来了很久了,我觉得这样做不合适,所以没同意。"千代只是笑而不语。

其实我这样做的最大理由,是觉得有必要离开千代两三个星期,自己想想清楚。

来到箱根后,我一直在考虑我和千代之间的事,在那狭小逼仄的天地里,千头万绪一齐涌上心间。我在小小的笔记本上用 C 代表千代,记述了她的种种情况。总之我认为,我的犹豫不决是因为千代长得不漂亮,还有她的家庭社会地位低下,等等。我强迫自己这样认为,只要能克服自身的虚荣心,问题就不难解决了。

在箱根逗留的日子里,我从一家破烂不堪的租书铺借来二叶亭[1]翻译的屠格涅夫的小说《单恋》。小说最后写道:"年轻时,我认为未来是无止境的,这样的事(这样的恋爱)还会经历很多次,更多的惊喜会在前方等待着我,可是它终究没有来。"当我读到这句话时,感到这就是针对我的问题给出的命运般的暗示。我必须珍惜上天所赐予的机会,谨慎前行。回避问题、止步不前并非明智之举,而是胆小鬼的作为。

八月二十日,我回到家中,依然没有下定决心,在笔记本上写下了"如果一年后这个想法也不变的话""即使决定结

---

1 指二叶亭四迷,日本小说家、俄国文学翻译家。

婚，C也必须接受两三年的学校教育"之类的话。

我觉得不管怎样，尚未弄清楚千代对自己的感情就考虑这些未免太早了。如果她已经订婚或有喜欢的人，我就要立即断了这份念想。我甚至想，若她已有意中人事情反倒简单了。如果知道她有未婚夫，我虽然会失望但也就释然了吧。

从箱根回到家的第三天晚上，我把千代叫到房间里，告诉她我爱她，但这份爱绝对没有达到执着的程度。

我背靠在房间一角靠近檐廊的桌子边，她恭敬地坐在邻接旁边四叠半房间的门边。

我只字不提结婚的事，只想问出千代对我的感情。我说话拐弯抹角，连自己都搞不清楚啰啰唆唆地要表达什么。在不表明自己的观点下企图全面了解对方的想法，这是一种很狡猾的态度。我渐渐地自己都觉得形象丑恶，没法继续下去。

千代对我说，她也喜欢我，可是光心里喜欢也没用，她已经放弃了。

听她这样说，我也想要开诚布公，于是问道："你有婚约吗？有没有喜欢的人？……这些都不是什么坏事，也没有什么可害羞的。"

"没有。"千代一本正经地说。

"那么，如果我向你求婚，你会答应吗？"

"……"千代脸上稍带惊讶之色，低头不语。

"你什么时候答复我都可以。一个星期，十天都行，好好考虑一下吧。不要和家人商量，我只想听你自己的意见。"

虽然我说的是"如果我向你求婚"，可事实上等于我已经求了。千代首先提到身份这件事，我没在意她说的，那时我整个人已经处在兴奋之中，起身从小橱柜的抽屉里取出去世的母亲留下的粗劣的金戒指，套进千代的手指，搂着她的脖子亲吻了她。

两个月前我触摸过千代的身体。黑暗中，我接过她递来的怀表时，清晰记得我的指尖轻轻触碰了她的手掌，我惊讶于自己所爱的女人的手掌竟是如此坚硬。

我紧紧抱着她，亲吻她。千代的身体突然失去重心似的重重地压在了我身上。我稍一避开，她的脖子就无力地向前耷拉下去，像昏过去了一样，不论问她什么都不回应。

我虽然惊讶，但脑子里倏忽闪出一个邪恶的臆测：千代或许害怕我对她做出比接吻更激烈的事而在演戏吧。她俯卧在榻榻米上，脖颈上沾着汗湿的鬓发。我的心奇妙地冷淡下去，待在不远处注视了一阵。接着我捧起她的头，见她脸色异常苍白，这才真的慌了手脚。

我立即拿来宝丹[1]，就着用来磨墨的水喂她服下。

"站得起来吗，还能回女佣房吗？"我问她。

千代轻轻摇了摇头。

"叫人来，我也一起扶你回去。"

千代又摇了摇头拒绝了，用微弱的声音求我再让她待一会儿。

"那我去拿点干净的水给你吧。"

千代闭着眼点了点头。

我急忙下楼，在楼下撞见学仆岩井——他刚从乡下来我家，身体肥胖、脸色难看——正狼狈地在那里忙着什么。

"快去叫阿清或阿松赶紧拿杯水来。"

吩咐完岩井，我又快速登上二楼，从千代的手指上褪下戒指，放回了桌子抽屉里。

大约三十分钟后，千代被另外两个女佣搀扶着回女佣房去了。那之后，我的心久久笼罩在一层难以言说的不快的心绪之中。

1　一种红褐色的粉末药剂，是治疗头痛、恶心、晕眩等的良药。最早在 1862 年由守田治兵卫商店研发生产销售。

九

翌日早晨我去看千代，她面无血色，正和其他女佣紧挨着坐在檐廊上。铺开的报纸上放着磨刀石，她们正在研磨昨晚父亲的客人使用的刀叉。千代躲着我，尽量不让我看见她的脸。

上午九点左右，我拿了笔和纸到里间的中二楼去。我想着直接说容易激动，不如写下来后在家人面前宣布。庭院内蝉声聒噪。我靠在那个房间里的紫檀木桌旁思考要写的东西。这时，千代走上楼来，她的脸色依旧苍白。

"身体还没恢复吗？"我问。

千代笑了，说道："已经完全好了。"

"你常常这样吗？"

"不是……以前从没有过，怎么了？"

我告诉她我正在考虑如何跟家人交代。她显露出为难的样子，却什么也没有说。

下午一个朋友来了家里，晚上又来了一个，我没有机会写信，也没有机会和家人谈话。晚上千代过来时，我对她说："祖母和母亲大概会同意的，父亲肯定要说些什么。"

"老爷不会为难您的……"千代表情轻松地说。

"没那回事。"我摇头否认。

"是吗？"千代一脸疑惑。

第二天早上，我把祖母带到里间的中二楼，告诉了她所有的事。最后说："不过我不是来商量的，已经决定好了，是来向您汇报的。"这种强横的口吻并不是什么策略。

祖母把母亲叫来了，简单地把我说的重复了一遍。

"山本家的小雪也是女佣出身。"祖母补充说了一个她认识的有钱人家的例子。

两个人当然都没说赞成，但也没表示反对。姑且由母亲向父亲转告我的事，如此决定后大家离开了中二楼。

晚上，我在自己房间和千代谈了一个多小时。

又过了一天，早上我一个人待在房间的时候，祖母走上楼来。

祖母说大津家过去从未有过这样的先例，况且只是口头誓约并不算什么，回绝就行了。并且说，其实她心里早已有了人选，就是加藤家口碑颇好的二女儿，还再三强调这种事非同小可。

"就因为非同小可，我才绝不能听凭您的摆布。"我撇下祖母一个人离开了房间。

我给一个去了三浦岬、名叫重见的朋友写信，说："快点回来吧！因为是你，我才提这种任性的要求。"

晚上，我和千代成了事实上的夫妻。我第一次亲历了女人的身体。

我又马上写信给重见，大意是："没有和你详细说明发生了什么事，只是不断来信打搅，实在让你担心了。不过，你不用回来啦。"

翌日早晨，我去了祖母的房间。祖母说父亲绝不允许，还说："我正在考虑找个什么理由把千代辞退。"她说出这种话实在可恶。

我一时怒上心头，说道："如果这么做，我就只能抛弃您了。"接着又狠狠斥责了祖母。她情绪激动，气势汹汹地说要豁出老命，直奔仓房去了。仓房的二楼有一个放着七八把大刀、短刀的柜子。

我当下觉得祖母是在演戏，可她太激动了，说不定演着演着就真的干出那种事来。但我又猛然有一种感觉，就是她其实也不清楚自己到底是不是在演戏，很有可能情绪激动一下子陷入失去理智的境地。因此，我说不出"随你便吧"这样的话。这时母亲也过来制止了她。

晚上，我在房间和千代一直聊到十二点多。

第二天早上我接到重见的电话，说他现在回来了。我急忙赶往他位于麴町[1]的家。

---

1 位于东京都千代田区。

"海浪大，开不了船，昨晚好不容易开出一艘，我就回来了。"重见说。那是他读到我第一封信之后不久的事，那封告诉他用不着回来了的信还没有送到。

我又欣喜又兴奋，把一切都告诉了他。

"可是我没有那种不顾一切的激情，犹豫不决，很不畅快。"

听了我这话，重见说道："不管不顾只知道蛮干没什么了不起。现在已经没人觉得殉情之人的恋爱是美好的了。以从容的态度去考虑事情，找到自己该走的路，走得成功，那才真叫人佩服呢。"

我心里很惭愧，在家人面前从未示弱过，却在千代面前说了许多丧气话。

我和重见一直聊到傍晚，心情好了许多，离开了他家。

回到家不久，千代就上楼来了。

她告诉我说我不在时，祖母和母亲要求她不要进我的房间，还让她暂时搬去旅馆住一段时间，她听了当下就哭了起来。千代再三叮嘱我，尽可能不要离开家。

送走千代，我立即把母亲叫进房间来。

"这是家事，更是我个人的事，"我因情绪激动，声音急促起来，"我绝不做偷偷摸摸的事，你们也不要背着我做什么，否则会让我很为难。"

我让母亲向我保证，没有我的允许不能把千代赶走。

母亲的意思是我和千代的婚约太草率，这点她无法支持，但既然做了约定就还是要遵守。

母亲谈起我十三岁那年[1]，她嫁到这个家之后，最初两三年里同性格要强的祖母之间艰难相处的日子，禁不住哭出声来。我也被她感动了。十年间母亲没有让我尝受过一次由"继母"一词联想到的不愉快的情感经历，面对这样的母亲，我忍不住流下了眼泪。我从心底憎恨祖母。

自从祖父去世后，祖母几乎就只为我一个人而活，强势的她在漫长的日子里，无意识地想让我这个唯一的孙子按照她的意志行事。而我也无意识地不想让她如愿，甚至还要反过来让祖母遵从我的想法。两人激烈的争执伴随着相互的关爱，从我少年时代起就从未间断过。我被祖母这个敌人所爱，我也爱着这个敌人，同时又不得不憎恨她。

我和母亲聊过后，心情非常愉快。

"本来已经打算好让你大学毕业，出国两三年，回来后再找个好人家的姑娘结婚。所以这次的事是绝不能容忍的。"听说父亲那边是这个态度，母亲说会替我再跟他说说。

"什么已经打算好了，就算是父亲也不能随意决定儿子将

1　志贺直哉的生母银于 1895 年 8 月病逝，那年他虚岁十三岁。父亲直温于秋季再婚，继母名浩。

来的幸福呀。"我笑着说，母亲听着也笑了。

十

第二天早上重见来了，我让他见见千代。他们没有说话，千代只是斜着身子坐着，时而看看地面，时而看看窗外。过了一会儿，我说了句"你下去吧"让她离开了。

祖母从早上开始就说头晕，躺在房间休息。我又胡乱猜疑起来，到她房间看见她那涨红的脸，才觉得祖母本来就神经衰弱未必是装病。

午后，我和重见一起散步，从芝公园走到银座。一路上他催促了我两三遍："还是尽早回去吧。"

晚上，我又和千代聊到十二点多。

"将来我们要过穷日子了，你能忍受吗？"我问千代。

"虽然不是什么好事，但那也没办法，不是吗？"

"你讨厌贫穷吗？"

"嗯，讨厌。"千代轻声回答。

"想吃好的？"

"不是。"

"那是什么？想穿好的？"

"嗯。"

"想穿漂亮衣服？"

"嗯，想穿漂亮衣服。"

"吃得不好，也要穿得好？"

"嗯。"

这番对话无形中给我留下了深刻的印象。

我们还聊到了下面的话题。

千代的衣服还缝着肩褶[1]。

"女人穿肩褶到几岁呀？"我问她。千代收起下巴，一边看着自己衣服上的肩褶，一边故意用家乡话绘声绘色地讲起乡下邻居牙医嘲笑她"怎么还穿肩褶"的事。当时她回嘴说："这个吗？拆掉还早着呢。"

那时千代因为身边没有人护着自己，就对重见十分依赖，会问我"那位下次什么时候来呀"之类的话。

翌日早上，我写信告诉在巴黎的朋友最近发生的事。刚写了三张纸，阿松来告诉我说叔父从镰仓过来东京这边了。这位叔父只比我大四岁，我们从小一起长大。我放下笔，立即到餐厅去了。

"住在镰仓的人越来越少了。"叔父一边喝着红茶一边和母亲聊天。

过了一会儿，他对我说道："你跟我到客厅来一下。"然

---

1 在儿童和服的肩部缝褶，用以调节袖长。

后在一旁拿起三个纸卷烟的盒子，塞进单衣的袖子里，拎着烟草盆[1]，自己先晃荡着硕大的身体从檐廊向客厅走去。

"我接到电报就来了。刚听嫂子简单说了一下，我也不赞成啊。当然，我是不讲究社会地位的，但你父亲看重，这也无可厚非。假如你已下定决心，即使断绝父子关系也毫不在乎，那就这么办吧。"

叔父似乎一直觉得对我抱有某种责任，他说会为了我尽力而为。

下午，我接到重见的一封长信：

刚才在去神田的路上，我一直想着你们的事，不知不觉眼睛就湿了。你们的事如果能圆满解决该有多好啊。我的看法是"你越痛苦得到的越多"，不过说实话，我很想尽早看到你们俩的笑容。

我想尽我的力量为你做些什么，写信给你想必会给你带去一点勇气，所以我尽快回家了。

回来的路上我还在想"怎么办才好呢"，现在决定写下下面这篇小说（？），照例没有考虑结局。

不幸的奶奶

1　盛放整套烟具的盘子。

事实上，可以推断他和那个女人都很可怜。爱流泪的他是多么痛苦啊！那个女人也很痛苦吧，命运完全由他人的意志决定，她一定感到不安。然而最不幸的人是奶奶。通常依据小说一贯的情节来讲，奶奶是最易遭到忌恨的角色。请试想一下吧。

　　到了七十多岁的年纪，有一天她最心爱的、给人生带来乐趣的、唯一寄予希望和可以依靠的人说了要抛弃她的话，她会多么伤心啊。为人祖母，无论多么善良，性情乖僻也是有的。被他这么一说，她就真以为他不爱自己、不把自己放在心上了。这么一想，二十多年的漫长岁月里，为了孙子，她时有悲伤，时有欢乐，不辞辛劳地付出了多少努力和精力，她自己心里最清楚不过。对他如此尽心尽力，牵肠挂肚，从他不会走路到念大学直到现在都无时无刻不在记挂着他，他却无视这个奶奶，觉得她碍手碍脚。奶奶这么想是很自然的，这难道不是合情合理的吗？她这么一想，觉得不公平，不再倾听他的话，也不关心他内心的烦恼，甚至折磨他，这都是能理解的。爷爷死去后，能给奶奶希望的人除了他没有别人了。好好想想这些吧，我认为奶奶才最可怜。

　　你说得很对。只要奶奶应允这件事，他会高兴，奶奶也会幸福。可是你不能责怪上了年纪的奶奶为什么连这个道理都不懂，如果奶奶懂得这一点，我就不会说她是个不幸的人了。

现在的他，无论奶奶痛哭、大笑、大怒或恐吓，都会不加理睬，他不是一个唯命是从的弱者。

他若是弱者，奶奶就不会这么可怜了，强逼一个坚决不服的人听话，这样的奶奶才既可怜又悲惨。

在这种情况下，只能是奶奶屈服。奶奶若是屈服了，他会多高兴啊。他一定会遵照奶奶的期望孝敬她。然而奶奶对此一概不知，硬逼着不可能服从的他服从，她只会火上浇油，这样的奶奶不是很不幸吗？

你可能不理解为什么奶奶不懂，因为她是一个传统的人，不得不这样。她完全可以变得幸福，可是她没有，她为难自己可爱的孙子，令唯一可以依赖的孙子厌恶自己。你不觉得她很不幸吗？我一想到奶奶，眼泪就流了下来。

他也很伤心吧。依恋奶奶的他，对奶奶说出"抛弃您"这句话之前，不知尝受了多少痛苦。可是他年轻，一定能赢，自己决定的事即使现在痛苦也充满希望，比起奶奶不知强多少。那个女人无疑也很悲伤吧，她是最悲伤的一个，但是有他作为依靠。女人信任他，不幸中仍有希望。

无论如何，最不幸的还是奶奶。

毋庸置疑，他肩负着沉重的责任和多重的精神折磨，一旦舍弃许下诺言的那个女人他就成了罪人，会招来一生的不幸。但是没有人知道舍弃奶奶他将有多痛苦，他清楚地知道奶奶的依靠是自己，她非常疼爱自己。他常常惦记着奶奶。他的这种苦闷是富有意义的苦闷，奶奶的却并非如此。

不过光是谈论谁最不幸解决不了问题。首先必须得到奶奶的认可，三人相互关爱，努力过上幸福的生活才是。

我当然认为他必须和那个女人结婚。无论奶奶如何反对，都要结婚。所以我想告诉奶奶，他是不会屈服的，还是随他的意愿支持他为好。只有这样，他才能获得幸福。正如你所说的，奶奶如果答应，三个人都能得到最大的幸福，多么可喜可贺。可如果奶奶不同意，也不能责怪她，因为她是老人。

如果他的心思能被奶奶理解就好了。

（完）

你懂得我为什么要写这个。草草。

这封信带给我强烈的感动，我从来没收到过如此令我舒心的信笺，眼泪流了出来。

我知道重见写这封信是想让我念给祖母听的，可是那天我没有等来这个机会。

十一

晚上八点左右，千代上楼来关窗户。那时我正在看书。千代关好窗户走进我的房间。

"为了我闹成这个样子，我很难受……"她不停地重复道。

"家里人都是些糊涂虫。"我回她说。

就这样，我们一个小时也没说什么别的话。

九点左右，千代说要洗澡便下楼去了。很快她又上楼来，战战兢兢地说道："顺吉少爷，村井夫人正在餐厅呢。"她呼吸急促。

这村井夫人是一个四十岁左右的女人，是父亲任职的铁路公司的下级职员村井的妻子，就是她把千代委托给我们照顾的。

"看把你吓的！"我责怪道，"说好了的，没经我同意绝对不会把你赶走，你这个傻瓜。"我见千代惊慌失措、脸颊通红地盯着我的眼睛，便对她笑了笑。

"千代！千代！"玻璃窗下传来一个女人尖厉的喊声。

"是村井夫人。顺吉少爷，村井夫人喊我呢。"千代说着跪着朝我挪了过来。我想起当初那个女人领千代来的时候，称呼她"千代小姐"，现在却如此露骨地直呼其名。我感到我们光明正大、认真对待的事情却遭到了周围人的鄙夷，这激怒了我。

"千代！千代！"刺耳的喊声径直从楼梯那边传来。

"她那么生气……"千代哭丧着脸，惴惴不安地说道。

"走，我陪你一起去。"我站起身，推了一下千代的肩膀。我来到楼梯前，只见那女人正要上楼。

"您有事吗？"我气愤地高声问道。

"是的。"

"什么事？"

"……"

"不管什么事，我也一起听听。"

"不关您的事。"那女人说。

"别太放肆！"我大声喊道。

我们来到餐厅，茶点已经摆好了，母亲一个人坐在那里。

落座后，那个女人激动得眼睛都变了颜色。

"总之她哥哥有急事，从乡下坐火车来我家了，在家里等着呢。我急忙赶来，谁知眼前这位上来就大发雷霆……真是莫名其妙。"她说罢，斜眼瞟了我一下。

"你毫不客气就要闯进我的房间，不是太没礼貌了吗？"

"一个下人在主人房间聊个没完就合规矩吗？真让人看不过去。"

"你别太过分了！"

我怀疑是阿松或那个叫阿清的厨娘，通知了这村井夫人，还以为自己立了功，一脸得意扬扬的样子。别说什么村井夫人，她丈夫，那个下级职员村井，平时见了面我都不会理睬。这样的人对我们的人生哪怕有一句妄评，都令我感到极大的侮辱，恶心得难受，现在就连用人也要出来多嘴。我无法容忍来自他们的蔑视，怒不可遏，但苦于没有证据，不知怎么办才好。

"我做事光明正大，有人要是暗地里搞鬼，我会想尽办法处罚他，绝不手软！"我不断大声重复着，为了让离厨房两米远的女佣房的人也能听到。

祖母穿着睡衣出来了。"你说什么呀？事情一完，千代就会回来的。"祖母对我解释道。母亲也对那女人说："我们这儿也有活儿要等着千代来做呢，明天她家的事情处理完，还请让她尽早回来。"

我想可能是自己太急躁了，听母亲说那女人很死板，或许她因千代迟迟没有回应而生气吧。但我还是很担忧。我当着众人的面，对千代说："这件事双方未商量好之前绝不会叫你走的。"接着我又重复了许多两人之前说过的话，然后郑重地叮嘱："明天可一定得回来啊……如果那边情况有变，记得打电话和我商量。"

"好。"激动的千代清楚地回应我后，回房间换衣服去了。我在黑暗的檐廊上来回踱着步。

那个女人和千代一起从后门出发了。临走之前，我叮嘱千代："明天跟你哥哥一起回来，听见了吗？"千代仰起头，略显不安地望着立在炉灶旁的我，点了点头。

十二

我登上杂物间屋顶的晒台，又爬上那里的高台，繁星满天的夜晚，酷热难当。

我开始懊悔，现在这种情况哪怕让千代离开片刻也是极为不利的，对方不会按照我的意愿放她回来。如果她家里真的有事，我不松口，叫她哥哥明天过来，就不会有这些麻烦了。

我眺望远处的灯火，眼前自然浮现出跟在那个女人身后、惴惴不安、疾步前行的千代的身影。无奈的孤独笼罩着我。

我思量着明天如果能见到那个什么哥哥，把所有的事都告诉他，或许会得到他的理解。一阵刺耳的响声传来，门锁上坠着重重的秤砣的小门被打开了。我知道是长我四岁的叔父回来了，傍晚他到今春刚结婚的妻子的娘家去了。我立刻跳下晒台。

"你还没睡呢？"叔父说着正要从厨房往堂屋去。

"请到二楼来一下。"我带他进了我的房间，向他讲述了当天晚上的事。

"我猜暗地里有人捣鬼，我怀疑是哪个女佣。"我说。

"怎么会是女佣呢？是你父亲啊。"叔父轻声说道。

"什么？"我情绪激动起来。

"今天他在公司里对村井说：'千代没有错，是我儿子干的坏事，但还是把千代领回去吧。'"

"这不可能。他们答应过我，问题没得到解决前，决不让千代回老家的。"我不相信叔父的话。

"这你也相信？你父亲说你是个色迷心窍的孟浪子，谁会老老实实遵守和你的约定呢？"

我气得全身颤抖。

"好啊！我坦诚对待所有问题，如果他们要在背地里骗我，那我就奉陪到底。"我把自己的想法明确告诉了叔父。叔父劝慰我一番后，从后门去堂屋了。

我又爬上了晒台。十二点钟，还能听见火车的汽笛声和车轮碾轧钢轨的声音。

我一想到在这屋檐下，一直以来陪伴在我身边的千代再也回不来了，从明天开始就由阿松或阿君来照顾我的起居，心里不由感伤起来。或许今晚千代就会被送回佐原的老家去了吧。我一边想一边眺望远处东方夜空上时而划过的闪电，感到千代与我在空间上相隔得更远了。父亲绝对不会因此事主动见我，但那无所谓。前一年的夏天，我因为一些鸡毛蒜皮的小事和父亲发生过激烈冲突，那之后我就下决心尽量不找父亲，自己来解决问题。可是遇到今晚这样的事，被父亲嘲笑成一个色迷心窍的孟浪子，那么不管发生什么冲突，我也应该直接和他见一面，让父亲多理解我一些。

尽管我心里明白这些，但一想到傍晚时叔父连声招呼都没和我打就出门了，祖母告诉我事情一办完千代就会回来，母亲也说什么"这儿也有活儿要等着千代来做"，就觉得他们实在是虚伪、恶趣又幼稚，感到难以忍受的不快和憎恶。

事实上，在他们眼里我不过是个没按他们期望长大的古怪小孩。他们顽固地认为我所说的永远都是毫无价值的空想，对人生毫无益处。我不断说出一些傲慢的话，可其实心里明白，我对工作的热望同实际的自信是不匹配的。换句话说，当时的我在事业上没有多少自信，因此说起骄傲自大的话时，嗓音失去底气，变得异常尖细。这尖细的嗓音说出来的话，除了志同道合的朋友外，别人是不会理会的。

正如我被看成是"色迷心窍的孟浪子"，在朋友以外的人看来，像我这样执着于什么的人都是鲁莽者。然而，我们不能就此止步。对于不止步的年轻人，那伙人全然不考虑我们的将来，正是这种做法造成了他们与我们关系的不和，从而导致他们自身某种意义上的不幸。而这几乎是不可避免的。

十三

我回到屋里，怎么也睡不着，在关了挡雨板的檐廊上一边踱步一边思考。越想越气愤，认为家人的行为是对我莫大的羞辱。

我点亮纸罩灯，时间已经接近一点，我敲了敲厨房后门，让女佣开门后走进父亲的寝室。

父亲始终不搭理我。我请父亲起床，说有话想跟他说。父亲依旧没有理睬我。

"那明早我再问您吧。"

"明天一大早要出去，没时间。"

"为什么要那么早出门呢？"

"现在是公司最忙的时候。"

父亲在某个铁路公司任专务董事。公司刚刚国有化，这四五天正是办理交接手续的日子。

"是吗？那就不打扰您了！"

我的语调清晰有力，说完站起身，连自己听来都好像说的是"我可什么事都干得出来"。

我回到屋里，来回踱着步，转悠了好一阵子，激愤的心情都无法平息。我忍不住想摔东西，抓起桌上一个可装百根埃及香烟的空盒子，像投掷板球那样，伸展胳膊奋力扔在榻榻米上。盒子角把榻榻米的蔺草割出了一块三角状的破洞，盒子也弹起变了形，从里面飞出五六张小纸片散落在地上——两三年前，我在西洋画家 F 氏那儿见到作为设计参考用的、贴着小玩意儿的剪贴簿，对此产生了兴趣。从那以后，我便有意从外国杂志和广告单上剪下一些保存起来。不知不觉积存了上百张小纸片，收在了那个小盒子里。

（那时的我从未那样生气过。到了现在，我很明白自己那副自暴自弃的样子也并非被逼无奈。如果有别人在，虚荣心一定会使我避免那么做，但那时我被气愤的情绪驱使着只想发泄，并且觉得没必要克制自己。）

我手里的铁盒很轻，实在不过瘾。于是我又打开橱柜，拿出九磅重的哑铃，使出全身力气重重地砸在地上。

哑铃从六叠大的地面斜斜弹出两米多远，跳上房间一角的桌子，又撞到纸拉门上，接着咕噜咕噜滚到桌子后边去了。

为了抑制因兴奋而颤抖的心，我俯下身，将胳膊肘抵在橱柜的一节抽屉上一动不动。这时脑子里蓦地闪现出睡在楼下的岩井的模样，塌鼻梁、面色难看，人却很胖，确实就是一副刚从乡下出来的学仆样。一想到他睡到半夜，突然听到天花板上传来的巨响，黑暗中蓦地坐起身的样子，我就感到既滑稽又可笑，不由得一个人偷偷笑起来。

（那之后过了两年，更换榻榻米时，我发现厚实的木板从中间折断了，于是想起那天晚上的事，禁不住又笑起来。在那种愤怒的情绪之下我居然还能觉得可笑，真是有趣。我那时还想过，这种怒气以为它过去了却又很快来袭，即使压制住了也没什么了不起。我那时居然还有闲工夫想这些。我想起那时哑铃飞落在距离桌上的油灯只有五寸远的地方，自己居然没有吓得脊背发凉，就知道当时已失了平常心。因为从小家里就对我严格管教，使用油灯要非常小心。楼下学仆睡觉前忘记关灭油灯时，我还对他发了好大的火。）

良久，我开始继续写那封给在巴黎画画的朋友的信。

现在是夜里一点钟。我从未像今晚这么气愤。现在，一个人正干着极度疯狂又愚蠢的事，我实在懒得克制自己。今晚我尤其无法入眠，醒着越来越感到焦躁不安。因此我要继续上午未写完的信……

我因为激动，信写得断断续续，好几次写下"难道我不该生气吗？"这样的句子。九页信纸，正反面都填满了文字。最后，信上写道：

父亲似乎说不惜和我断绝关系也不会答应这件事。祖母认为废嫡有辱家门，比起这样还是接受地位不同的人家的姑娘为好。随他们的便吧，我再也无法和这些人共同生活在一起了。

你知道，我不是一个孤独度日还能装得满不在乎的人。我有你、重见和千代。说实话，还有一个人，我想把祖母也加进来。再也写不下去了。

写完我看了一眼旁边的怀表，然后在信的末尾添上"明治四十年[1] 八月三十日凌晨三时半"，放下了笔。

1　1907年。

和 解

一

七月三十一日[1]这天，是我长女的一周年忌，她去年出生只活了五十六天就死了。为了给孩子扫墓，我从千叶县的我孙子市[2]来到了久别的东京。

我在上野[3]给麻布[4]的家里打电话，让接电话的女佣把母亲叫来。

"奶奶还好吗？"我问。

---

1 指 1917 年。

2 1915 年志贺直哉与妻子经历了数次搬家后，10 月移居至千叶县我孙子市，在此居住了七年半之久。

3 位于东京都台东区。上野火车站为通往东北、上越方向的交通枢纽。

4 位于东京都港区，是高级住宅区、外国公馆的聚集地。1897 年志贺直哉的父亲直温将宅邸迁至此地。

"奶奶身体不错，不过还不能外出，所以墓地那边我早上去了一趟。"母亲答道。

"是吗？我也打算待会儿就去青山[1]。"

母子二人沉默片刻。

"今天只去青山吗？"母亲问。

"再顺便去一下朋友那儿。"我答道。

母亲犹犹豫豫地小声说："今天你父亲在家……"

"是吗？那我改天再过去。"我尽量装得满不在乎地回道，但因为是对着听筒，所以脸上赤裸裸地流露出受到屈辱后不快的神情。

"康子[2]和留女子都好吗？"母亲又问候了在坐月子的妻子和九天前出生的次女。

"都很好。"

"奶水足吗？"

"足的。"我说，"那先这样吧……"

"晚点你父亲可能会出去。你再打过来看看吧。"

我答应着，随后挂了电话。

我立即坐电车去青山。在三丁目下车后前往墓地的途中，我在花店里买了鲜花。时间尚早，我就用店家的电话给母亲

1　位于东京都港区西北部。

2　志贺直哉的妻子康子，是好友武者小路实笃的表妹。

打了过去，得知父亲还在家，我心头再次笼罩在不快和怨愤之中。

这天我比任何时候都想见祖母，因为我强烈感觉到她很想念我。

去年那孩子是在东京的医院出生的，祖母每隔一两天就要去看看婴儿。今年这个孩子是在我孙子市出生的，所以祖母还一次都没有来看过。因为天气炎热加上身体欠佳，祖母想来却没能来。我觉得她一定很想见我，问问孩子情况。我如果只因自己与父亲关系紧张就牺牲掉这份骨肉亲情，那实在太愚蠢了。祖母和母亲无法打破现状是出于无奈，若连我自己也和她们一样默认现状，那就太荒唐了。想趁父亲不在偷偷去和祖母见面，这副模样连我自己都觉得丑陋且厌恶。

我先为祖父 [1] 和生母 [2] 扫墓。祖父的哥哥夫妇的墓也在那儿。每个竹筒里都插满了早晨新鲜的花朵。我打算将买来的花只插在自己孩子的墓上，就先把花和帽子一起放在修剪整齐的石楠花篱上。

除了特殊情况，我不愿意在墓前行礼。这是十六七年前

---

1 志贺直哉的祖父直道于 1906 年去世，享年八十岁。

2 参照 P52 注释。

我信奉基督教时，从某种理论中学来的习惯。在墓前我只是来回踱步，便能感觉到墓石下的人——比在其他任何地方都更明确、更近距离地——在我内心深处复活。

我在祖父的墓前来回走动时，祖父在我的心里复活了。我闪过一个念头，向心里的祖父征求意见："我今天能不能去看祖母？"祖父立刻回答我："去吧，孩子。"显而易见，是我的想象使祖父这样回答，使其自然地浮现于心头。如同在梦中相见一般有一种真实感，祖父如果还活着一定会这样回答我。我从那简洁的言语中体会到祖父对年迈祖母的疼爱。我内心的不快分明带着对父亲的谴责，但同样在我心中复活的祖父，却没有丝毫责备父亲的意思。

我也祭扫了生母的墓，但她没有像祖父那样清楚明确地复活过来。我问了她同样的问题，生母是个胆小的女人，她用含混不清的语调絮絮叨叨不知说了些什么。我随即作罢，离开了那里。

我仍然想去见祖母，又觉得夹在中间的母亲很可怜。我暗自盘算：不如从后门直接进入祖母房间，相当于没进出父亲的家门，我只是出入祖母的房间。但从后门绕进去总还是让人不快，可如果从中门穿过餐厅到电话室前边，说不定就会透过窗户同正在打电话的父亲碰个正着……想来想去，我还是不愿意从后门进去。

来到慧子的墓前，那儿的竹筒里插满了花。我把自己买来的花束放在墓前，就朝祖母住的麻布的家走去。

我从大门进去，经过中门时正巧在走廊上遇见了正在为女佣分派家务的母亲。母亲见了我，稍稍显出惊讶的神色，很快又若无其事地和我打招呼。随后我便去了祖母的房间。房间里不知为何放了两台电风扇，一台没有开，祖母正用另一台一边吹着自己拱起的后背，一边用汤匙舀冰水喝。

祖母问了我许多妻子和孩子的情况，又说等天气凉快了一定去看看。母亲和小妹来了，女佣端来点心和冷饮。我待了三十分钟后离开了那里，最终没有见到父亲。

二

我有一项工作必须在八月十九日之前完成。

动笔那天我从晚上十点开始写作，素材处理起来甚感棘手，最初拟的题目是《空想家》，后又改成《梦想家》。

我打算写一写六年前独自住在尾道时[1]和父亲的关系。那时我对他抱有极大不满，尽管其中混合着父子关系中不可避免的各种复杂感情，但其基调还是因不和产生的对父亲的憎

1　1912 年，志贺直哉与父亲发生争执后决心自立，从东京麻布的志贺宅邸独自搬去广岛县的尾道市居住。

恶。口头上我可以毫无顾忌地谈论对父亲的厌恶，可一旦提起笔却不知为何无法描述。我不想在写作中发泄对父亲的怨恨，这不仅对他太残酷，也玷污了我自己的工作。

我的心情很复杂，写作过程中对此更加深有体会。我明白对过去的经历，自己缺乏正确看待和公平判断的能力。第一次尝试就失败了，第二次重写仍不满意。

等到交稿期限只剩六天时，我实在没办法只好更换素材。我移用了为十月份的杂志约稿准备的、能让我充分发挥想象力的素材，然后文思就如决堤的洪水一般涌了出来，对我这个平日写作迟缓的人来说，算是超常发挥，八月十五日就完稿了。

十六日早上，我拿着手稿走出家门，顺路到邮局寄出后，坐上了九点几分的火车前往东京。因为之前给一个朋友写过信说这篇稿子完成后想见见他，所以到了上野后，我给那个朋友打了电话，不巧他去了镰仓，我知道他去镰仓一定是去S家。我也很想见S，想着不如就去镰仓吧，可身体有些疲倦，精神也不佳，觉得跑去镰仓太麻烦了。总之先给麻布的家里打了个电话。母亲说父亲带小辈们去箱根[1]的别墅了，应该是今天回来。现在家里只有她和祖母两人，叫我方便的话马上过去。在之前的信件中我得知祖母一周前患了感冒，身体虚弱。

1　位于神奈川县西南部。有温泉，疗养、旅游胜地。

我盘算着自己现在过去的话，按父亲的习惯他们一定是一大早就从箱根出发，我还在的时候就该到家了。不过我还是决定去看祖母，挂了电话后立即坐电车赶往麻布。

祖母坐在被窝里，身体已经恢复得差不多了，脸色看上去也很好。

约莫过了一个小时，我听见外面人声喧哗，心想是他们回来了。

女佣从走廊跑进来说："老爷和小姐们回来了。"

很快三妹隆子和年幼的四妹昌子进来了。

"我们回来了。"隆子说着行了礼。她看到我吃了一惊，有些困惑地望着我说："父亲也一起回来了。"

"嗯，好的。"我答道。

"淑子和禄子呢？"祖母问。

"阿禄和我们一起呢。"昌子接着大声喊道，"阿禄！"

"什么事呀？"外面传来禄子的声音。

"淑子呢？"祖母又问。

"阿淑一个人留在那边了。"

"为什么呢？"

"大家都说要回来，爸爸就生气啦。"

"为什么？"

"为什么呢……"隆子似乎也不清楚，她说，"我本来也打算留在那儿的,可是吃了好多东西,昨天开始就有点拉肚子,所以回来了。"

至于淑子为什么没一起回来,也没听出个所以然,祖母只是不停地念叨:"你们要是一起回来该多好呀!"

最小的禄子跑来了。

"奶奶、奶奶,爸爸每天只顾着和客人下棋,我好无聊呢。"昌子撒娇地说。禄子也跟着说:"是呀,爸爸一直下棋,我哪儿都没去呢。"

"胡说,"隆子瞪眼道,"不是去了乙女岭吗?"

"是的是的。"禄子缩着脖子吐了吐舌头。

父亲从走廊进来了。我本来是盘腿坐着,一看到父亲就立刻并腿坐好,还微微低下头,有点像行礼的姿势。一开始父亲好像没认出我,我们整整两年没见。(上一次是在东京站附近,父亲坐的人力车从对面过来,道路很宽阔,走在我身边的妻子都没注意到,我自然也装作没看见。)况且因为懒散,我下巴上的胡子长了近一寸,脸也稍稍变了样。过了一会儿父亲认出了我,顿时一脸不悦,马上想走的样子,可他还是向祖母问候一声:"身体怎么样了?"

"慢慢见好了。"祖母答道。

接着是一阵紧张的沉默。

通常这种时候我比任何人都更敏感、更固执。但不知为何,这天我却能心平气和地仰望父亲的脸。以往也有过这种情况，一旦父亲脸上表露出厌恶，我也会一脸厌恶地面对他。即便想要克制，我的固执也不会允许。过后那不愉快的记忆残留于心底，反倒苦了自己。

父亲一言不发地走了。

午饭准备好了，大家都被叫去餐厅吃饭，只有我的饭食被送到了祖母房间。

不久我便离开了麻布的家。

我疲惫极了，怀疑自己生病了，决定立刻回我孙子，但离火车发车还有一点时间。

在神田¹一家旧书店我有一笔赊欠的钱要付，就顺路去了那儿。为了打发时间，我和店主闲谈了一会儿，感到无聊得很。

在上野车站的候车室里休息了一会儿，坐上车后我迷迷糊糊睡着了。到北小金站²时我醒了，为了避免坐过站，我强忍着睡意。（以前从东京回我孙子的家时，有四五次都坐过站了。）

我打算坐人力车回家，走出车站时看到只剩了一辆车，正巧有人坐了进去。

我一步步登上自家门前的台阶，想着回来这一路上可真

1　位于东京都千代田区。

2　位于千叶县松户市小金。

不容易。正在门边干活儿的男佣急忙跑下来接过我手里的行李，问道："您这是怎么了？脸色很难看啊。"

"你回来啦。"妻子抱着孩子走出玄关。我站在暗处，妻子看不清我脸上的表情。

"哎呀，爸爸可回来了。"妻子欢快地边说边想将婴儿递到我怀里。我忽然觉得不舒服，一言不发地走进客厅隔壁的房间，一骨碌躺在了地上。妻子冷不丁被泼了冷水，她不明所以，不安地坐到了我的身边。

"我有点不舒服，很累。"我说。

"我帮你揉揉腰吧。"

妻子的这种体贴却不是我此刻想要的。我默然起身去厕所，发现自己有一点腹泻。从厕所出来，见她仍坐在原处发呆，我便特意在离她稍远一点的地方背朝着她躺了下来。妻子安置好孩子睡在一旁后，走过来揉我的腰，我默默推开她的手。

"你怎么了？"她可怜兮兮地问。

"别碰我。"

"生什么气呀？"

"这种时候同你这样的人在一起，远不如打光棍快活。"

过了一会儿，妻子哭了起来。

这种时候我就会变得急躁且刻薄，自己也无法控制。可想到一旦妻子没了奶水，一切又会很麻烦。对去年那个孩子的死，我总觉得是由于自己的疏忽大意。我决心不再放任自己，尽力照顾好现在这个孩子。我勉强压制住了脾气。

晚上我请了医生。

我在家睡了两天。

三

身体恢复后，我开始写那篇要刊载在十月份的杂志上的稿子，我决定重写《梦想家》。

在描写事实时，我常受到一种不良的诱惑，总喜欢将许多杂乱无章的往事罗列出来，脑子里泛起各种记忆。然而这些事彼此或多或少有着因果关系，只是流水账般地写出来是不行的。硬要这样写，事与事必然不能充分衔接，文章只会索然无味。因此我必须努力构思，将想写的事巧妙地做一番取舍。

每当写到同父亲不和的往事，我都感到困难重重，因为这类往事太多太多了。

如前所述，我不想在写作中发泄对父亲的怨恨，这个想法一直阻碍我的进度。对父亲怀有怨恨的自己确实存在，但那不是全部的我，我心里还有一个对父亲满怀同情的自己。

十一年前父亲曾对人说过："今后无论发生什么事，我绝不会为那小子掉一滴眼泪。"一想到过去我是做了什么才让父亲说出这种话的，我就感到脊背发凉。做父亲的世间有几人会遭到孩子那般对待呢？换作是我也会感到无法容忍。知道父亲说了这句话时，我觉得情有可原，也感到了孤独。

然而父亲如今毫无顾忌地对我表露不满，并不是在说上面这件事，而是因为前年春天的事。

那时我住在京都[1]，父亲为了缓解之前我们发生的矛盾，要带大妹英子来京都玩。收到他们"即刻出发"的电报后，我打算装作自己在收到电报前就已经出发去了东京，而与他们失之交臂。我不想惹父亲不快，又不愿与他见面。我无法掩饰对他的不满，实在装不出一副无所谓的样子和他说话。那样做只是欺骗自己，也骗了别人，会导致比现在的不和更加严重的后果，使我们的关系越来越糟。我不认为真正的和解会这样到来。或许父亲也不会相信我只是不巧和他错过，但他也无法肯定。于是我决定立刻动身前往东京。

那阵子妻子患了神经衰弱，身体很不好。我们结婚刚三个月，即使她没患病，丈夫不在身边，让她独自接待还不熟悉的公公和小姑子，无疑也是莫大的负担，再加上我们的婚事也是最近我和父亲关系不和的原因。妻子无助地哭了。我也很不开心，生着闷气离开了家。

离开家后，我想起妻子，觉得她很可怜。如今她这个身体，

1　1915 年 2 月，志贺直哉迁居至京都。3 月将户籍移出本家，自立门户。

肩负的担子太沉重了。我还没到车站就转身回了家。

我给父亲写了信。礼貌且诚实地简要说明我不想见他的心境，但请求父亲无论如何能允许妹妹留下。我一边写信一边担心他是否会同意。

火车应该是在日落之后到达。我把信交给妻子，送她出门并再三嘱咐她一定要在车站就把信交给父亲。妻子哭了。我对她说："如果你没把信给他就回来，那我立刻去东京。"

妻子走后，我马上出门去旅馆探访从大阪来的朋友。

十点左右，我回到了衣笠村[1]的家。妻子、大妹还有碰巧来访的堂弟在家，大家都看上去气色不错。见到好久不见的大妹，我心里涌起一股温情和喜悦，随即问妻子有关信的事。她说在车站实在找不到机会，只能和父亲他们一起先去旅馆，在那儿吃完饭也还是没能把信给出去。她刚才和大妹一起坐车回来，让车夫稍等了一会儿，三人商量之后，决定将信交给车夫由他带去旅馆递到父亲手里。妻子还说，父亲原本打算这次带我们去奈良、大阪转转。我想象在旅馆的房间父亲独自一人看着信心里不快的样子，不觉自己也悲从中来。这真是无可奈何的事。

第二天一大早我们四人就出门了，从银阁寺去三十三间堂、东山一带走了走。

1　位于京都市北区西部。附近有金阁寺。

翌日去了岚山。傍晚从岚山回来，在四条[1]的小店里吃饭的时候，我让大妹给父亲的旅馆打电话。父亲发了很大的火，叫大妹立即回旅馆。我们告别大妹，回到衣笠村的家里。不久，车夫从旅馆捎来大妹的两封信。一封是她当着父亲面写的，让我们把她的行李交给车夫。另一封是避开父亲用铅笔草草写成的，信里说父亲气极了，她被父亲责骂了一通，明天一大早就要离开京都去大阪。

这件事过后半年有余，我和妻子从京都搬去镰仓，在一个叫雪之下的地方租了房子住下。妻子的神经衰弱更加严重了。一个星期过后，我们离开那里去赤城山[2]生活了大约四个月，然后旅行了一段时间，之后又开始搬家，于十月初终于在千叶县我孙子市的手贺沼畔安顿下来。妻子的神经衰弱基本上治好了。她怀孕了。

一天，我和妻子去东京探望病中的祖母。我们打算晚上就住在麻布的家里，我一个人先去拜访了朋友夫妇，到他俩下榻的麴町的旅馆玩。晚上十二点我回到麻布的家里，大家都睡下了。母亲和妻子起来了，祖母也起来和我说了一会儿话。不久，我换上睡衣就睡下了，这时回了卧室的母亲又出来对

1　位于京都市。四条河原町一带是京都知名繁华街。
2　位于群马县前桥市北部。

我说:"我知道你很为难,但上次京都的事还是去跟你父亲道个歉吧。"我有些不知所措。当初搬到我孙子后,我去父亲那儿告诉他搬家的事,也说了几句寒暄的话,但父亲对我不理不睬。我当时以为自己主动去问候的低姿态,已经是在向父亲表达我的心境和在京都的时候不一样了。我以为事情已经解决了。

"父亲在房间里吗?"我问。

"起来了,在房间里等你呢。"

我把衣带的结扣转到身后,走进了父亲的房间。父亲坐在桌前背靠着桌子说道:"你进出这个家没有问题,我很欢迎。可是该立的规矩还是要立的,你说呢?"

"京都的事我知道让您伤心了。我现在对您的感情和那时已大不一样。但对发生过的事情,我不觉得自己有丝毫过错。"我回答说。

"好啊,那你以后别想再进出这个家。"

"好吧。"我行了个礼站起身来,窝了一肚子火。

"我这就走。"我对祖母和母亲说,又转向妻子,"你跟我一起吗?"说着我换起了衣服。

"也不用马上就走啊。"母亲流着泪,牢牢攥住我系衣带的手,"现在出去也没有地方住,明天早上再走吧。"

妻子也哭出声来,说了几句什么。我气得推了她一把,她跌倒在床上。躺在床上沉默不语的祖母这时激愤地说:"康子你跟着一起走吧。"

母亲无可奈何。

我等妻子收拾好东西便和她一起离开了麻布的家。

半夜一点过后的大街上空无一人。妻子离我一步远，默默地跟在身后。我朝两个小时前去过的麹町的旅馆走去，打算住在那里。

"你对我做的事要是有任何不满，你和我就不是一条心。"我突然这么说，妻子没有吱声。

"如果我对父亲言听计从，当初就不会和你结婚了。"我又说了句吓唬她的话。

旅店里的人都睡了。我敲了敲门，穿着睡衣的女佣打开小门领我们来到楼上的小房间里。

第二天早上，妻子听到旅店女佣仿佛把她看作是同一类人，对她言语粗俗、口气随便。她很生气。"我那么晚带你进来，她们一定没把你当良家妇女吧。"我这么一说，妻子更生气了，催促我赶紧离开旅店。

四

搬到我孙子后的第二年，妻子预计将在六月分娩。因为我们家附近没有接生婆，所有决定去东京生产。正巧妻子的伯母知道一家妇产科医院，我们便打算去那里。但父亲说自己的一个好友是妇产科医生，让妻子去他那里住院。

六月初妻子去了东京麻布的家，临近生产时住进医院，不久平安生下了一个女孩。

父亲为探望长孙女来过一次医院。或许他害怕在医院撞见我，之后就没再来过了。但我听妻子说，她住了三个星期的院回到麻布的家里之后，婴儿一个人睡觉时父亲常常去看她。妻子兴奋地告诉我这些事，然而对父亲充满猜疑的我听她说这些时，无法像她一样心中自然泛起喜悦之情。

父亲说要承担全部的生产费用，祖母和妻子听了都对他的好意感到欣喜。我虽心有芥蒂，可还是随了父亲的意思。祖母再三叮嘱我"去和你父亲道声谢吧"，我每次都"嗯，嗯"地敷衍，终究也没去。最终妻子代表我向父亲表达了谢意。

我知道大家都希望这孩子能够成为我和父亲和解的机缘。家里所有人都暗地里为此费尽心思。可我从来没有过这种想法。

麻布家的看门人的两个孩子接连得了痢疾，所以妻子带着出生后二十四天的婴儿提前返回了我孙子。坐火车对孩子来说还太早，当天晚上，大脑受到的刺激使她兴奋得久久不能安睡，不过第二天就没事了。

又过了将近一个月，祖母来信说父亲想见见孩子，吩咐我近期带孩子去东京。但我不太想让孩子过去，我对父亲还怀有猜疑，觉得他这样做是因为不想让八十一岁的祖母来我们这儿。从前父亲就对祖母来我家很恼火，他应该是害怕年迈的祖母在这儿时万一染上什么重病，他自己就也得过来。父亲不让我进他的家门，所以他自己也不好意思踏进我家的大门，这个想法不断地束缚着他。

（我经常去看祖母。即便妻子在那边住着，我自己也会去朋友或叔父家，再不然就找个旅馆投宿。）

我答复祖母之前，先写信给东京的医生，询问孩子是否可以坐火车。医生回信说孩子出生后百日内尽可能不要移动。后来我有事去东京，打电话把这个情况告诉了母亲，并说想让祖母来我家里。

两三天后，祖母带着麻布家的小辈四人，连同赤坂[1]那边叔父家的孩子一起来到了我家。他们决定住两个晚上，第三天下午回去。

临别时祖母以父亲想见孩子为由，要带孩子一起回东京。我很纳闷，祖母明明知道医生的意见，为何还要硬把孩子带走呢？但我又想那不过是医生基于最安全的考虑给出的建议吧。因为带孩子坐火车回来前问医生时，他说了没关系。但我还是有些犹豫。后来我才得知祖母不知道医生说的那些话，那到底是母亲忘记转告她了，还是祖母听漏了呢？无论哪种情况，我都没有责怪她的意思。唯一要责怪的是我自己：在

---

1 位于东京都港区。

知道有风险、自己又不太情愿的情况下，内心软弱的我竟然同意他们把孩子带走。孩子也是运气不好。如果那时我把医生的话再当面重复一遍给祖母听，她一定不会强求。可不知为何我当时没有说。总之，现在说这些也无济于事，因为再怎么解释，孩子死去的不幸已经无法挽回了。幸与不幸早有了结果。

我们一行人一起来到东京，我在上野站把祖母、妻子和婴儿还有两个小辈送上待运的出租车，自己带着两个年龄稍大的妹妹到村井银行的楼下吃饭。我在那儿给麻布的家里打了电话，得知出租车途中和自行车相撞，后来他们在东京站附近换了一辆车，现在已经安全到家了。

不久后我和妹妹们道别，去了朋友家，那里已经来了三位客人。晚上，我们一起玩赌输赢直到天明。第二天接着继续玩，中午才结束。

傍晚我从朋友家出来去了赤坂的叔父家里。风雨交加，叔父叔母极力劝我住下。可精疲力尽的我想念自己家的睡床，只想回家美美地睡上一觉。

暴风雨中，为了赶最后一班回我孙子的火车，我离开了叔父家，还没上市内电车全身就已经湿透了。我在电车里想起架在中川河上的、没有栏杆的铁桥，突然害怕起来。平时我见到没有栏杆的铁桥就很不舒服，更不必说在这样一个风雨交加的夜晚。如果火车从那座铁桥上被风掀落，一切都完了。

我在须田町站下了电车。黄豆大的雨点打落在人行道上溅起水花，电线发出奇怪的声响。路边一家商店前，一位淋成了落汤鸡的工人将一根带钩子的竹竿挂在电线上，凄然无助地站在雨中。风越刮越大，电线和什么东西摩擦后，胶皮破损之处溅出紫色的火花。

总得先找个地方躲雨，但附近的商店都关门了，我只好朝万世桥站[1]走去，可又不想就这样返回赤坂的叔父家。我从一个卖晚报的孩子手里买了一份报纸，坐在站台的长凳上读起来。不知不觉已经过了末班火车的时间，我最终还是坐电车回了叔父家。

晚上，我很困大脑却格外兴奋，加上被跳蚤叮咬，失眠了一整夜。

第二天早上九点左右，我派人去麻布的家里告诉妻子自己还在东京，但母亲却回话说一大早妻子就带着孩子回我孙子去了。

下午我乘火车回到了家中。

---

1 位于东京都神田区的市内电车站。

五

晚上我们点了蚊香吃饭的时候，对面屋子传来孩子的啼哭声。

"蚊子太多，把慧儿抱过来吧。"妻子说。她坐在那里喊十二岁保姆的名字："阿龙，阿龙。"

阿龙没有应，我也大声喊起来。我一喊，阿龙立刻来到隔扇后面，一声不吭地拉开隔扇，然后说道："小姐刚吐了。"

妻子接过孩子平放在座垫上，解开尿布。孩子又哭了。

妻子把尿布放在灯光下，"有点发青，"她皱着眉头，"还混着黏液呢。"

"那今晚不要喂奶了，量量体温看。"

"刚刚量过了，没有发烧。"

我摸摸孩子的额头，好像确实没发烧。

妻子换了尿布，抱起孩子。孩子仍旧不停地哭。

"哦哦，这是谁呀，谁呀？"妻子说着将自己的脸凑过去，孩子朝着她的面颊张开小嘴，蹭过头来。

"这是妈妈哟。"妻子说道。

阿龙笑着回女佣房间去了。孩子仍然啼哭不止。

"慧儿，怎么啦？"妻子带着不安的神情，接着又对我说，"看她哭的样子有点奇怪啊。"

孩子的哭声确实和平日不一样。

"洗澡时纱布的水流进她鼻子里了，是因为这个吗？"妻子问道。

"没关系吧。早点哄她睡觉吧。"我又问，"床铺好了吗？"

"还没。"

"那就赶紧叫人铺吧。"我莫名烦躁起来。连续几天睡眠不足，再加上——前面忘记写这件事了——大腿上生了一个脓肿，还未切开放脓，一抽一抽地疼痛难耐，我的心情很差。

一个叫阿常的女佣铺好床，我立即换上睡衣钻进了被窝。

妻子一边哼着摇篮曲，一边在黑暗的廊子上走来走去。等孩子睡着了，她钻进蚊帐里来，将孩子放在罩着网子的小床上。

妻子给我按了一会儿头，然后从蚊帐出去了。

大约一刻钟后，孩子醒了又哭闹起来。妻子从餐厅走进来，额头顶着蚊帐向里瞧。我小声对她说："你理她，她就要让你抱，哭得更凶，还是不要管她的好。"

"不会有什么事吧？"

"没事，你去那边吧。"

妻子蹑手蹑脚地走开了。孩子虽然哭得不厉害，但是抽泣不止。

"我也要睡了。"妻子准备上床来。

我这时却有点担心起来，克制住不安的心绪沉默了一会儿，终于还是忍不住，起来抱着孩子盘腿而坐晃动她的身体。

孩子很快又睡着了。

妻子将浴衣挂在竹衣架上，收拾好后在供奉自家祖先的佛龛前拜了拜，钻进蚊帐里来。我俩害怕吵醒孩子，没有说话。我注意到孩子的脸色不好，似乎是哪儿出了问题。孩子又醒了，啼哭起来。我抱起她，将脸贴在她的小脸上。孩子的脸蛋冰凉，嘴唇发紫。

"喂，赶紧去请回春堂的医生来一趟。一个人不放心，派两个人一起去！"

妻子急忙出了蚊帐，到厨房去了。我听见她说："现在就去。知道吗？快点。慧儿有点不对劲。"

"啊，啊——"孩子的哭声变得很奇怪。

"别说了，赶紧出发！"我大喊道。

妻子进蚊帐来说："我喂几口奶试试？"

"喂吧。"

我把孩子递给妻子，可孩子已经没有吸奶的气力了。脸蛋眼看着就变了颜色。妻子激动起来，尖声喊道："慧儿！慧儿！"她勉强将乳头贴近那紫色的小嘴。

我从妻子手里接过孩子，站起身，攥住她的脚倒提着摇了摇，不见任何好转，孩子的脸反倒变得蜡黄。

"马上抱去医院吧。"我抱着孩子出了蚊帐，其他的门都关上了，我只得赤脚从后门出去。

"啊——"妻子抓住我抱着孩子的手，口中传来绝望的哀呜，"怎么办啊？"

"你别跟来。"我说。

妻子摇了摇头："我一个人在家待不住啊。"

"那你去 Y¹ 那里！"

我急匆匆出了门，朝着黑暗的大街奔去。乡村雨后的街道，泥水没过了脚脖子。邻居的农家还没有就寝。

"快把提灯点起来！"我大声喊着，脚下不停，远远看见前面阿常和阿龙的提灯。我一面不使孩子身体剧烈摇晃，一面尽量加大步伐，终于追上了她俩："阿常马上跟我去回春堂。阿龙你带夫人去 Y 先生那儿。"

我朝身后四五十米远的妻子灰白色的身影大声喊道："你和阿龙一起去 Y 那里，千万不要跟来啊！"

睡衣膝盖下的衣裾被泥水打湿缠在了小腿上，我依旧快步前行。孩子继续发出"啊，啊——"的微弱的啼哭声，她似乎比往常更轻了，皮肉都松弛下来，我仿佛抱着一只死兔子。

"慧儿，慧儿。"我不时呼唤她的名字。

町长家的小房子在偏离市街的矮山坡下。路过他家门前时，我对阿常说："这儿有光了，你先跑去医生那儿。"阿常加快了脚步，但没有跑动起来。

1　指当时也住在我孙子市的白桦派同人柳宗悦。他是日本宗教哲学家、民艺研究家、美术评论家。

"为什么不跑？"我生气地问道。

"我跑不动。"她答道。我想起阿常有脚气病。她在尽力快步走着。

街市上，有人在门前乘凉。好不容易到了医生家，不巧医生不在，去隔着五六条街远的生丝工厂了。我立即叫人去请——再一次叫人去请。

孩子的脸完全变了样，嘴唇周围轻微地颤抖着。

我发现妻子和阿龙站在医生家土间[1]门口的阴影里。

"你必须去Y那儿。你要是受了刺激就更麻烦了……快去呀！"我对她说道。

妻子跑去外面路上等医生，不一会儿就消失了踪影。

"慧儿，慧儿。"我不时呼唤着孩子。

我抱着她坐在土间大门那窄小的门槛上，一会儿看看街上，一会儿看看她。

"请进来吧。"医生的太太对我说。

"我脚上都是泥水。"

"我来抱孩子，您去洗洗吧。"她说。我把孩子交给她，去一旁的厨房洗了洗腿脚。

孩子被放在折叠的褥子上。医生太太用手摸摸孩子的额头，说道："好像不发烧。"

---

1 日本传统建筑里连接室外与室内的、地面为泥地或三合土的空间。

医生急匆匆地回来了。我简单把刚才的经过，以及前天带去东京，今天上午回家后直到傍晚，孩子没有异样的情况讲述了一遍。孩子仰面睡着，医生左右手各伸出两根指头，放在孩子后脑勺的两侧，一次又一次将她的头部抬起来查看。

我看了看医生，他面露难色，从那张脸上我看不到任何希望。

"不发烧，看样子是大脑受了刺激。"医生又反复抬起孩子的头，"像这样，下巴抵不着胸不行……痉挛得厉害。"他查看孩子两只紧紧攥着的手，又默默地给我看了看，接着从另一个房间取来一个中间有圆洞的反射镜，借着烛光查看孩子的眼睛。

"怎么样？"我问。

"瞳孔放大了。"

"心脏怎么样？"

医生拿起一旁的听诊器听了听，从耳朵上摘下来说道："心脏好像还好。"他习惯性地将耷拉到嘴角的胡须尖儿抿入嘴里，思考起来。

"先打一针樟脑液吧。"医生说完就立刻准备起来。

他用酒精棉球把孩子小小的乳头旁的皮肤擦拭干净，然后揪起来，将一寸多长的针头横向深深地刺进去。孩子一动不动，好像全无知觉。药液静静地注入她体内。医生拔出针头，手指按住针印，然后将事先准备好的手背上的胶布揭下来贴在上面。

医生收拾着器具说:"给头部降一下温吧。"他吩咐家里人去拿冰块。

"灌肠也试试吧。"他说着起身走进另一个房间。我不由得也站起来跟在他身后。

我觉得医生已经不抱希望了,但还是问了他。他不知该怎么回答,为难地说道:"我已经尽力了。"

我给医生打起下手。去取冰块的用人回来说哪儿都找不到冰块。

"去半左卫门那儿看了没有?"医生问。

"那儿也没有。"用人答道。

"车站旁的点心店里会不会有呢?我借您的自行车去找找。"我说道。

我想这情况得去请东京的医生了。我借来纸和笔,给东京的小儿科医生和麻布的家里写好电报的内容,就急忙骑上医生的自行车向车站赶去。

黑暗的街道上没有灯光。我提醒自己小心,在这种紧急时刻一不留神就会撞到什么。

点心店里也没有冰块,说是前一天因暴风雨本该从湖沼对岸运来的冰块还没有到,今天哪里都不会有。我茫然不知所措。

上野站出发的末班车是晚上九点钟,时间已经过了。我去最近的车站给东京的医生发了电报："孩子病危，这儿的医生说是大脑受了刺激，请您开车来。"末尾又添了一句："此处没有冰块。"

当我又回到医生家的时候，Y 来了，我家里的男佣三造、邻居农家的老太太、送完妻子去 Y 家的阿龙也都来了。

医生对他儿子说："山里应该有，你快去看看。"

Y 派三造和邻居老太太一同去湖沼对岸的冰窖寻找冰块。

孩子蜡黄的嘴唇奇怪地抽动着，她全身冰凉，小腹异常鼓胀。

冰块终于找来了。医生将孩子的头枕在碎冰枕头上，额头敷上冰囊，再将一块温湿的棉布敷在她肚子上。Y 绕到孩子脚边，用两手温暖孩子冰冷的双脚。我们把能做的都做了，已经没有其他法子了。

医生又给她灌了一次肠。没有大便排出，灌进去的液体很快流了出来渗进尿布里。医生用手指搓了搓尿布，说道："还是有黏液啊。"

我也摸了一下，黏滑黏滑的。

"是脑膜炎吗？"我问道。

"不是脑膜炎，只是大脑受了刺激。"

阿龙站在土间正朝这儿张望，我对她喊道："阿龙！你之前抱她的时候，头没撞到哪里吧？"

"没有呀。"阿龙很快答道。

"如果头撞了，会立刻大哭的。"医生说。

"果然还是坐火车出了问题吗？"我懊悔不已。

"如果因为火车的颠簸而受到震荡，症状早该有了。"医生说。

"康子夫人是上午就到家了吧？"Y问。

"她说孩子那时还很精神。我傍晚回家时孩子正在睡觉，但那之前一直笑得很开心。"

我在孩子枕边坐下，给她按着额头上的冰囊。我不忍心看她那双睁开着却没有光彩的眼睛，将垫在冰囊下的棉布盖在她眼睛上。我想这样或许多少能让她节省一些气力吧。

"啊，啊——"孩子嘴里哼着，脸上几乎没有了痛苦的表情。但看得出她在竭力对抗病魔，她坚持的样子让我无比心疼。

"她肚子可能很痛。"医生说。

Y家的老妈子带来一个扁瓶和一封Ｋ子[1]太太的信。

"Ｋ子让我们敷芥末试试看。她亲戚家就有孩子因此得救了。"Y读了信说道。

"那试试看吧。"我看着医生说。

"试试吧。"医生把扁瓶里的芥末倒进盘子里碾磨起来，Y一边帮忙一边对老妈子说："告诉Ｋ子要是还想出什么好法子，再通知我们。"然后对我说，"康子叫你不用记挂她。"

---

1 指柳宗悦的妻子兼子。她是知名的音乐家，经常参加"白桦音乐会"。

"谢谢。"我打心眼里感激他。

我们把芥末涂在薄纸上，贴在孩子的心窝到小腹还有脊背和两腿上。

"可以揭下来了。"医生看着墙上的挂钟说道。

"这就行了吗？"

"时间太长会起水疱的，后面会很麻烦。"

我说起水疱也不要紧，要求医生再等一会儿。Y也赞同我的意见。

到了这种时候，等东京的医生前来诊治是最后的希望了。

"那边估计九点半收到电报，准备半个小时，路上再花一个半小时就能到了吧。"医生说道。

"一个小时能到。"Y说。

"晚上路不好开。"我担心地说。

"最快也得十一点半吧。"医生说。

"昨天风浪大，不知湖畔那边怎么样？"我又说道。

医生轻轻揭开敷在孩子胸口上的芥末纸，那儿留下了一圈红红的印子。

"有效果了。"医生说着回到枕头前，单膝跪着，上下抬动孩子的头。

"脖子可以转动一点了。"医生看着我的脸说道。

"嘴边还有一点痉挛，可是已经好多了。"他掰开孩子的手给我看，"手也可以张开了。"

我欣喜地看着 Y 说："好像好些了。"

"比刚才好多了。"Y 说道。

"如果能开口大声哭一会儿，就没事了。"医生说。

"是吗？慧儿，大声哭出来！大声哭出来呀！"我用力地喊道。

"已经过了一刻钟了，先把肚子上的芥末纸揭下来吧。"医生说。

"好吧。"虽然我心里还是有点不情愿，希望再等一会儿。

医生揭开孩子心窝上的芥末纸给我看，皮肤红得厉害。他让夫人拧一条热手巾来，给孩子擦擦皮肤上的红印子。我觉得那儿眼看着就要掉下一层皮来。

"脊背上的再等一会儿。"医生说。

在紧张的气氛中，孩子状态稍微稳定一点了。

医生说道："刚才的痉挛一般的婴儿是挺不过去的。这孩子真不简单啊。"

我高兴极了，憋足了劲说道："快，大声哭出来！"

夜晚天气闷热，我们的双腿都被蚊子叮咬得厉害。不一会儿，三造和邻居老奶奶从湖沼对岸买来了大量冰块。我让三造去我家把孩子的被子、尿布还有八叠大房间用的蚊帐以及我的睡衣取来。

不知不觉间我的头痛已经好多了，大腿上的脓肿傍晚还一抽一抽疼得厉害，现在也没什么感觉了，我一个劲儿地打着哈欠。

孩子"啊"地哭了起来，哭声比先前大一些了，我们都很高兴。医生说哭声还不够大，要连续大哭两三声才可以放心。

医生又用反射镜查看了孩子的眼睛。

"怎么样？"我在一旁问道。

"瞳孔收缩了好多。"

"看来有救了。"我说道，自己都感觉自己的眼睛亮了起来。

三造搬来了各种各样的家用，我们把能换的都尽量换了新的，大家钻进蚊帐。我给慧儿换衣服时，医生检查了她的肚子，比先前小多了，一切都似乎在渐渐好起来。

"心脏能一直坚持下去就没问题。"

十一点的钟声敲响了。现在只要等着东京的小儿科医生来了，再等三十分钟或者一个小时。

"啊——"孩子时不时发出哭声。每次她一哭，我们这些大人就面面相觑，而那音量总是比我们期望的差一点。我大声喊道："再使点劲大声哭！"

时间一分一秒过去了，孩子的情况既没有变好也没有变坏。我们急切地等待外边传来汽车发动机的声音。只要听到一点动静就一齐竖起耳朵，心想是不是来了。

我们很多次都被货运列车的声音给骗了。

"这个时间也该到了。"我时不时抬头看看墙上的挂钟。

"这回该来了吧。"Y时不时到外边路上张望。

十二点了。我们来到这儿已经四个小时了。这段时间里孩子一直睁着眼睛。以前她吃了奶就眯起眼睛睡觉了，尤其是夜里，只喂一次奶她就睡得很香甜。如今我看着她那与死亡抗争的样子，心疼极了。

"哇——"孩子终于放声啼哭起来。我立即看向医生。

"嗯！"医生点点头。Y也特别高兴。

"只要能这样多哭几声就没事了。"医生说道。

泪水溢满我的眼眶，孩子的脸庞在我的视野里渐渐模糊一片。

"把康子叫来吧。"我和Y商量道。

"马上去吧。"Y赞成我的提议，医生也赞成。

我立即吩咐坐在土间门槛上的阿常去Y家接康子。

六

然而孩子终究没有得救。夜里一点钟，东京的医生好不容易来了，他竭尽全力给孩子治疗但无济于事。孩子的状况越来越坏，他每隔十分钟二十分钟就为她注射樟脑液和食盐水。樟脑液的针管扎进孩子胸口，小小的胸口上贴满了胶布，已经没有可以扎针的地方了。孩子吐出的气息中带着樟脑液的臭味，食盐水的针管扎进了大腿。无论医生在她身上何处扎针，她都完全没有知觉。但是一种强烈的生存意志无疑支配着这个没有知觉的孩子。到了这种地步，医学的力量已经到了极限。东京的医生说，这个小生命与死神抗争的努力程度，决定了她的生命还能维持多久，如果死神让步了，她就得救了。

我孙子的医生协助东京来的医生开始再次给孩子灌肠。孩子刚刚变小的肚子又鼓胀起来，反复洗了很多次，状况也没有好转。稍见了血色的嘴唇很快又变得灰白如土，不停地抽动。

到了四点，东京的医生说外边的车还在等他，他要坐车回一趟东京。我很不满，想着他一定是认为孩子没救了。我什么也不想说，但还是问他："有更严重的病人在等您吗？"他回答没有。Y和我孙子的医生脸上也明显露出不悦的神情，他们一致要求东京的医生留下来。Y正好要去东京办事，便由Y搭上那辆车去请东京医生的一位小儿科医生朋友，Y也认识这位朋友。

窗外天空已经发亮了。

孩子的身体慢慢凉下来，那是心脏跳动微弱的缘故。为了阻止更坏的事情发生，我们用热毛巾温暖她。早些时候也过来了的K子夫人一直帮忙照顾着孩子和康子，她派三造去她家和我家拿来了尽可能多的毛巾。

三造从Y家拿了两条足足有一叠大的浴巾和好几条毛巾，把我家里的毛巾也都拿了过来。医生的太太用炉灶不停地烧开水，K子夫人在土间拧干一条条烫过的毛巾递过来——毛巾泡在开水里，三造和阿常都伸不进手去。我把毛巾打开，散出一些热气后，依次包住孩子的后背、胸口和双腿。可无论我们做什么，孩子的身体都没有暖和起来。即使有几次看到了希望，也只持续了不到二十分钟，她心脏的跳动又减弱下去。八个大人为孩子恢复体温而忙碌着，东京来的医生也不例外。我从心底感谢大家，但想到有着血缘关系的麻布的家里却没有一个人在这儿，我为孩子感到悲哀，心情无比伤感。

我们不停地更换孩子后背、胸口和双腿上的毛巾，也没能使她的身体热起来。最后只能用滚烫的毛巾将她整个裹起来。绝望的我已经不在乎她是否会残疾，或者留下什么后遗症，只求她不要死去。

孩子的肚子越来越鼓了，我想要是她肚子里的东西能排出来或许还有救。东京的医生将一条细细的橡皮管深深地插进孩子肛门里，想将她肚子里的东西冲洗出来。

孩子渐渐虚弱下去，但她依然凭着那仅有的一点气力在做最后的反抗。

东京的医生又迅速拔下洗涤器一端细长的橡皮管放进她嘴里，想将肠子里的东西吸出来。他吸一口就吐进身旁的金属盆里，可几乎吸不出什么来了。这期间孩子已经断了气。黑色黏稠的液体从她嘴巴和鼻孔冒出来，顺着苍白的面颊大面积地流到脖颈上。医生急忙擦拭干净，又做了一会儿人工呼吸，那也只不过是在安慰我们罢了。

妻子伤心欲绝，哭得昏了过去。K子夫人搂着她将她的脸紧紧埋在自己胸前，说道："康子你振作起来，一定要振作起来！"K子夫人的眼睛也涌出了泪水。

我也哭了，就像生母死去时那样伤心。

七

我们给孩子穿上从家里拿来的高级和服，吩咐三造的老婆抱着她，离开了医生的家。这天天气晴朗。妻子用崭新的手帕仔细将孩子的脸蛋包好。我们顶着夏季上午的烈日，沿着昨晚灯光里匆匆走过的乡间道路返回自己家。三造的老婆抱着孩子走在五十米远的前边，妻子低着头跟在我后头六七米处。

昨晚接到电报的母亲这时从麻布赶来了。过了一会儿，妻子的父母也到了，他们是接到孩子的死讯赶来的。又过了一会儿，父亲的表妹夫T先生也从麻布赶来了。

"事情发生得太突然，"T先生说，"刚才我看到电报立即给箱根的别墅打电话请示，你父亲吩咐说把慧子葬在我孙子这边的寺庙里。"

我听着听着心里越来越气愤，就说道："我们不知道会在这儿住多久，打算还是葬在东京。"

"哦，这样啊。"T先生只回了一句。

我对麻布家里的所有人都感到不满，包括祖母和母亲。昨晚病危电报上我虽然没有写明要她们过来，可是提到请医生开车来就暗示了她们如果来的话就同医生一起坐车来。可是看了电报的祖母和母亲，以为不过是我看到孩子抽筋而大惊小怪。听了这种解释，我更加生气了。这不同于其他场合，没有人会拿病危电报开玩笑。我更加迁怒于祖母，都是她想让孩子去东京的。还有 T 先生说什么打电话去请示父亲的事，他们应该知道我的脾气，不会老老实实听从父亲的安排。

我的心一直沉浸在伤感之中。生母还不到我现在的年纪就去世了，我想将她的长孙女埋在她青山的墓地，这对生母和孩子都是好的。但这个想法我不打算跟他们说，我说想葬在东京也并不是想让他们来为我完成这个心愿。

我托 T 先生在青山买下两三坪大的墓地，翌日开始做下葬的准备，办理手续。镰仓建长寺的管长是叔父的老师，我们请他为死去的孩子起法名，并于同日在镰仓诵读经文，我不会把这事交给一些来历不明的和尚。

画家 SK[1] 从东京赶来了，晚上和我们一起为孩子守夜。

我们在棺材里放入了各种各样的物品，有我和妻子的照片，还把妻子珍爱的佐四郎人偶[2] 都找来放了进去，和服选了

1　指柳宗悦的表弟九里四郎。他是日本的西洋画家，和志贺直哉是同学，与白桦派同人关系亲近。

2　久保佐四郎制作的彩色木雕人偶。

妻子老家拿来的带有家徽的那件。

次日清晨，从东京开来了一辆汽车，我们决定我、SK、和Y一起坐上它去青山。产后不到七十五天的妻子留在家中。[1]

车子在大光寺等着。穿着印有商铺标志的新工作服的木工和绿植店的伙计，用粗壮的青竹竿抬着小小的灵柩来了。汽车顺着田间小路驶上坡道，向街市的方向开去。途中一位相识的老婆婆手捧一大把野花前来送行，我们请她将花放在棺木上。

赤坂的叔父早上发来电报，要我们把棺木运到赤坂。我怀疑一定是父亲不让棺木进麻布的家。我愤愤不平地想，要是他们没有利用这孩子缓和我们父子关系的念头，孩子也不会死。当然我更后悔自己立场不坚定，向家人妥协送孩子去了东京。事已至此，我只想尽可能为死去的孩子多做些事，却听说父亲不仅不准棺木抬进家门，还告诉孩子的幼小的姑姑们和曾祖母不要去赤坂。这实在叫人愤懑。从前天晚上到昨天清晨，我目睹女儿与逐步逼近的不合情理的死顽强抗争，耗尽气力最终死去。我实在没有心力再去猜测父亲是不是把对我的怒气转移到了死去的孩子身上，那样只会使我更加不堪忍受。

---

1 在日本传统上将生产看作不洁净的行为，把女人产后七十五天视为"产忌"，产忌结束后产妇才能出门自由行动。当今日本已很少有人再提起这个习俗了。

我认为这一切都归咎于自己无法斩断和麻布家里的关系，藕断丝连结果让事态更糟。我厌倦了这样的自己，但又不愿意牺牲与祖母之间的感情。这层顾虑总是让我狠不下心来，同时也成了我文学创作上的绊脚石。

在这五六年里，我数次计划写作以父子不和为题材的长篇小说，每次都以失败告终。原因或许是意志不够坚定，或许是不愿意借此对父亲发泄怨恨，但更主要的是担心作品的发表会带来实际的悲剧。一想到这点我的心情便暗淡下来，特别是考虑到那将给我和祖母的关系投下阴影就觉得于心不忍。

三年前住在松江的时候[1]，为了避免悲剧发生，我在一部小说中安排了如下情节：一位忧郁的青年来拜访我，他正为松江的报纸撰写连载小说。我读了他带来的小说，那讲的是他与父亲关系不和的故事。后来小说突然被报社拒载了，青年激愤不已。原来是他父亲得知他用化名写小说，派人从东京花钱要求报社停止连载。自那之后，父子间发生了许多不愉快的事。

我是以第三者的视角来写这部小说的。近乎自暴自弃的青年满怀怨愤，不断与父亲交涉，父亲却坚决不让他踏进家

---

1 松江位于岛根县东北部。1914年6月志贺直哉移居至此，当时与白桦派同人里见弴来往频繁。

门。除此之外，我还写了种种现实生活中极有可能发生在我自己和父亲之间的不愉快的事。我把这些毫不掩饰地写出来，正是为了防止它们实际发生。我相信人们不会让现实生活像小说里描述的那样糟糕。

我打算写一场祖母临终前发生的最不幸的悲剧，作为高潮放在小说的结尾：没有人能够阻止他，这个无法自控的青年闯了进来，他与父亲已不只是争吵，双方都动了手互相殴打起来。我一边想象这个场景一边描绘故事的发展，是写父亲杀了儿子好，还是儿子杀了父亲好呢？然而当他们厮打最激烈的时候，我脑海里蓦地浮现出两人抱头痛哭的样子。这个突然跳出来的场景完全出乎我的意料，我不觉流下了眼泪。

我犹豫着是否要给这部长篇小说如此的结局。这也是我无法决定的，不实际动笔就不知道结局会如何。但如果真的这么写了，现实也和小说结局一致的话该多么令人高兴啊。

这部长篇小说，我只写了一段便作罢了。在构思的过程中，我因结婚一事与父亲的关系越闹越僵。尽管如此，我还是觉得那个自然浮现于脑海的结尾，是有可能发生在我和父亲之间的。当两人的关系走到最悲惨的那一步时，不排除会发生那样的事，当然也有可能不会发生，但不到那种场合就没有人会知道。我相信自己和父亲心中都留存着某种东西，能在最关键的一刻让事态出现转机。这个想法我跟妻子说过，也告诉过一位朋友。

八

孩子死后，家里突然变得异常冷清。我端出椅子坐在庭院乘凉，远处湖沼对岸的树林传来"啊——啊——"的悲凉的鸟鸣。

我们不愿继续住在我孙子，开始商量年底搬到京都郊外去住。

孩子死了十多天后，Y 去朝鲜和中国旅行。他一走这儿就更冷清了。

这段时间，我交往最久也是最亲密的朋友 M[1] 正巧携夫人来玩，暂时住在我家。M 说医生告诉他患有肺病。我很替他担心，可也觉得他只是身体一时没有调理好。我建议他搬来我孙子。说这话时我没想起自己正打算搬去京都，只是想到这里松树多，冬天水蒸气也多，湖沼沿岸比其他地方更加温暖，对患有呼吸道疾病的人很有好处。

M 夫妇没有选择我孙子，而是选中了邻村一座松林环绕的高台，在那里建起了新家。新家刚建成不久，M 就得知所谓肺病完全是医生的误诊。

为了早日忘却失去孩子的痛苦，我们计划外出旅行，把出发的日子定在了八月二十日。因为这天是孩子死后的第

---

1 指白桦派同人者武者小路实笃，日本小说家、画家，参与创办杂志《白桦》。

二十一天（我们把三天按七天来算，将这天当成"七七四十九天忌日"），也正好是妻子产后的第七十五天。

画家 SK 一家不久前去了上林温泉[1]，我们决定去那儿找他们。

八月二十日早上，我们从我孙子出发，妻子第一次为孩子上了坟。之后我去朋友家，她一个人去麻布的家。我们约好时间，我会去麻布的六本木车站，等她来后一起去上野。可过了约定时间妻子一直没有来。我焦急不安，朝麻布的家的方向走去。走了不多远，看见妻子疲倦地匆匆向这边赶来。这种时候，妻子迟迟不来而我又不能踏进麻布的家门，心中的屈辱化为怒火，我责骂了她。

电车里，妻子向我哭诉，说她一进父亲房间就被父亲斥责，为何把婴儿的遗体运来东京。这天祖母、母亲和年幼的妹妹们去了箱根别墅，只有二妹淑子和父亲两人在家。这阵子情感脆弱的妻子见了谁都容易掉眼泪，她刚走进父亲的房间眼泪就流了出来。我猜那时她一定不自觉地期待父亲会说些"慧子真不幸啊"之类的话，谁知父亲却突然发起火来，着实让她吓了一跳。

妻子一边跟我说一边不停掉眼泪，我心里很气愤，对她

1　位于长野县。

112

讲了几句不知是安慰还是生气的话。同车的乘客都诧异地看着我们，但我的愤怒让我忘记了羞耻。

我们坐上从上野开往神户的信越环行线夜班车，我心里很不踏实，总感觉列车就要发生相撞事故了。我向妻子要来灯芯绒腰带垫，夹在后脑勺与靠背之间，我想一旦撞车，头撞在垫子上总能减少伤害。车上很拥挤，我几乎没睡，所幸列车安全抵达了目的地。

到了上林的当天晚上，我又受到另一种压力的折磨。地面时不时传来"咚——"的轰鸣，到了第三天我实在无法忍受了，不明白为什么除了我其他人都那么泰然自若。我不断请求 SK 带我们离开这里。SK 本打算在这儿专心画画，他那幅十二号尺寸的油画刚完成七成，可我却一分钟也待不下去了。但天色已晚，SK 的孩子又身体欠佳，实在没法让大家收拾一大堆行李，乘坐人力车到二十多公里之外的地方去。

翌日我们五个人带着够用两个月的满满当当的行李出了旅馆，引来店主和女佣一阵嬉笑。我这样做的确给 SK 添了很多麻烦，但在我眼里嘲笑我们的店主和女佣都是不怕死的傻子。

（那之后过了一阵子，我们在加贺的山中温泉[1] 看到一则新闻，写的是我们离开上林后，山鸣的现象越来越严重，县

1　位于石川县。

政府的人去笠法师山进行了调查。）

大约一个月后，我们告别 SK 一家，去了京都，游逛了
奈良、法隆寺、石山等地。

十月初我们回到我孙子。M 家新房子的工地上，东京来
的三四个木匠正忙忙碌碌地劳作着。

这趟旅行开始时，妻子最害怕看到和死去孩子同样大小
的婴儿，而我却木然不觉。有时她会突然从我身边消失。这
种时候多是她看见有人抱着孩子，便跟人走了。不过这样的
事后来也逐渐减少了。

十一月某日，我那个嫁给海军军官、住在镰仓的大妹英
子分娩了，生了一个女孩。祖母说星期天带小辈们去看望，
问我要不要一起去。我有一点担心，可妻子想同我一起去。

星期天我们一大早出门，到新桥站和祖母一行会合后，
先去了镰仓的叔父家。叔父在建长寺参禅十多年，得了眼疾
后为了看病方便，在赤坂租房子住了一年多，病情终于好些了，
九月初又搬回了镰仓。

来到大妹家后，看到大妹和孩子母女健康。我在自己孩
子出生前，觉得天下的婴儿都是一个模样，可看到妹妹的孩
子，却感觉和我们死去的孩子完全不同。我隐约想起了那个
孩子——我的大妹，她是我十五岁那年正月出生的。我和大

家讲起那天晚上的事："当时，没有兄弟姐妹的我，满怀期待地坐在餐厅里等着。叔父的祖母抱着婴儿进来了。我一看，是个长着一头乱糟糟长发的鲜红的小怪物。现在那个婴孩又生出了这么个小娃娃。"

最小的妹妹禄子把脸凑近婴儿，嗅了嗅，随口说道："有股慧儿死时的那种香味。"我想起了我们在慧儿的棺木里喷了香水的事。妻子听了惊愕不已，用手指捅了捅禄子的后背。

过了一会儿，妻子猛然站起身，神色怪异地向大门口走去，等了片刻，我也出去了。妻子边哭边对我说："太对不起大家了。我这是怎么了呀？"她不断重复地说着"对不起"，接着又挖苦我道："你什么事都没有，真好啊。"

妻子随即返回了叔父家。过了一阵子，我和祖母还有妹妹们也一同回到了叔父家。

妻子看见我就把我拉到一旁，说道："怎么办呢？为了不给大家添麻烦，我下了决心不哭的……"

"也是没办法的事。你别再想了。没有人会怪罪你的。"

妻子听了我的劝说，仍旧不停地絮叨。我撇下她去找祖母了。

祖母弓着背，上半身伏在膝盖上，正在那里抽烟。我和祖母说话的当儿，妻子红着眼睛进来了，她在祖母面前刚一坐下，就突然施了礼，颤抖地说道："奶奶，实在对不起。"

祖母保持原来的姿势，低着头口里含着烟嘴沉默不语，我看见她的嘴唇在颤抖。

我为自己因孩子的死怨恨祖母而感到内疚。

九

从镰仓回来后不久，我们得知妻子又怀孕了。我觉得这事来得太早了，即使想要孩子也该再过一段时间。但妻子很高兴，祖母也很高兴。虽然之前我因孩子的死怨恨祖母，但妻子这么快就又有了身孕，对祖母来说是件值得欣喜的事，我也替她高兴。

时近年末，M搬来了邻村，我孙子也变得热闹起来。这五六年间我迁居各地，已经好久没有像现在这样和M频繁往来了。随着时间的流逝，我对他怀有的旧日的感情又平添了许多新的感受。这使我很愉快，对我的心灵产生了有益的影响。M具有一种唤醒对方内心善意的不可思议的力量，他懂得心灵交流的妙趣。对此我从来没有对他失望过。我每天过着充实的生活，保持着既轻松又不懈怠的心境。

大约四年前住在松江时[1]，我曾着手创作前面提过的长篇小说，可是中途搁笔了。有一段时间我决心放弃写作。因为那时我的精神状态很差，觉得凭着自己这颗可悲而贫乏的内

1　参照P109注释。

心，从事充满激情的创造性工作，一开始就是错误的。

直到最近，我几乎都没有写出什么作品来。偶尔动笔也很快以失败告终。我并不想抛弃文字工作，可有时试着创作却已感受不到六七年前激荡于胸中的那股热情了。对此我多少有些不安。

二月，我和一位好友（此人之前也因为健康不佳暂时停止了写作）每周六一起编写传阅杂志 [1]。虽说一半是闹着玩儿，可两人都有心借此打开局面，向前迈出一步。

我鼓足勇气又开始创作长篇小说，但连载了三期就停笔了。然后发表了一个短篇，接着又发表了一个。这期间，关于好友的健康状况，医生毫不掩饰地说了一些让他担忧的话。我们的传阅杂志也自然而然地停刊了。出于惰性我又写了一个短篇。这篇没有给任何人看过，是我在截稿日周六前，花一两个晚上草草写就的。我对这篇没有什么自信，于是也不打算发表了。

正巧那时有一家书店同我联系，想将我之前写的作品作为丛书出版。他们先跟 M 约稿，同时告诉 M 也想出版我的书。M 回他们说我可能不会答应，后来也就没有问我。当 M 夫人提起这件事时，我表示同意出版自己的作品。因为我感到这将激发我的创作欲望，我也感觉自己能写出点什么来了。

1　非正式出版物，将成员的原稿装订成一册做成杂志的形式互相传阅。

我把刊登在传阅杂志上的两个短篇拿给 M 看。M 评价一篇写得非常认真，另一篇写得亲切而有深味，他主张把两篇都发表出来。我送 M 回家，同他一起走在乡间的小道上，一路上我们谈起小说，他那理解透彻的评论让我心情舒畅。我决定将其中一篇发表在下个月的《白桦》杂志上。

　　过了两三天，大概是巧合，一家杂志社的人来向我约稿。我决定请他将另一篇稿子发表在两个月之后的杂志上。不久，另一家杂志社的人也来了。虽说我手头还剩一个短篇，但我决定新写一篇。我想起去年夏天，妻子去东京的医院生孩子，我一个人待在家中时脑海里浮现出的种种幻想。我决定把它们写成一部小说[1]。

　　小说中的丈夫是个率直的人，但谈不上品行端正。妻子有一阵子有事外出不在家。她不在家的这段时间，女佣怀孕了，但孩子不是丈夫的。老实说，丈夫被怀疑也不奇怪。有一天，妻子知道了女佣怀孕的事。丈夫对妻子说："这事跟我没关系。"妻子平静地说："哦，这样啊。"就此，她相信了丈夫。

　　我想写的就是这个。丈夫和妻子都是聪明人，使悲剧没有发生。我想通过这个故事表达这一主题。心境日渐平和的我常常想，如果在日常生活中对于值得相信的事愚蠢地犯起猜疑，导致许多不该发生的悲剧发生，会多么令人遗憾。当然，

1　这部小说就是志贺直哉 1917 年 6 月发表在《新潮》上的《善良夫妇》。

这个想法不只针对他人。

可是我失败了。如果没有截稿日，我还可以重写，将自己的想法更好地表达出来。但截稿日到了，我只能将不满意的稿子交了出去。

不久，一家报社向我约稿，让我提供四千字左右的日记或感想。我只写了一篇一千多字的题为《父与子》的文章，附上一封信寄了去。信上写道，如果提供的文章不符合要求请立即寄还，我不会因此感到不满。此外还简单说明了文章不是我写的，而是从认识的某市一位邮局职员写的近八千字的长文中，抽取一部分改写而成的。那位邮局职员负责接听电话，他与一位美貌的接线员的关系遭到局长的斥责："你们不知廉耻，干下了丑事。"随后两人都被免职。早些时候，这位邮局职员向父母讲明了事情的原委，并请求父母答应他们的婚事——我只把这段对话的部分寄给了报社，还写道：父亲立即答应了这门婚事，母亲留下了欣喜的眼泪。

我想到自己与家人之间原本通过协调可以解决的事，却因固执与偏见使不该发生的悲剧发生了，让大家都饱尝了痛苦的折磨。我喜欢与这相反的那位邮局职员的故事，便摘录了下来。我想以此对照自己与父亲的关系，所以起名为《父与子》。能看出这中间关系的只有几个与我交谊颇深的朋友，他们知道我因结婚的事前后四次与父亲陷入僵局。

我感到自己的心绪渐渐平和起来，但我也在思考这是不是件好事。不过，比起过去的不够平和，如今的平和总是一种进步。我也不能永远写一些老实人交好运[1]之类的故事。

我平静而温和的心情一点点影响着我和父亲之间的关系。可有时候比如我和妻子去东京时打电话问候祖母，如果父亲不在，母亲就会叫我们立即去家里。当我们坐电车赶到麻布，正要迈进家门时，站在那里等我们的隆子会跑过来，小声说道："爸爸回来了。"我们到了门口却谁也没见到就折返了。这种时候再温和的性情也会变调。

不仅如此，我有时还从别人嘴里听说，父亲越来越频繁地为家里妹妹们的事大发雷霆。我不得不反思，父亲这种情绪的源头来自和我紧张的关系，我的心绪正慢慢平和起来，而父亲却没有。就这一点而言，渐渐年迈的父亲是不幸的，我从心底对他产生了同情。

十

妻子生产的日子临近了。这次我们决定不去东京。与其冒着生完孩子三四个星期后就要坐火车回家的危险，不如就选择乡下。尽量小心些，产后不活动，这样对孩子和产妇都要好得多。但万一难产怎么办？这样的不安偶尔也会闪过我

---

1 指 P118 提到的《善良夫妇》。

的脑际。去年发生的事使我变得过度胆怯，考虑周全是好事，可过分胆小也会做出危险的蠢事。我极力安慰自己。

接生婆还是去年的那个，医生是请的我孙子当地的医生。护士是接生婆家里的，原本是妇产科医院的专业护士，有些年纪了，作为接生婆也可以独立开业。

七月十三日护士来了。

一周过后，妻子还没有要生的样子。我决定在孩子快要出生前去Y家，等孩子出生后再回来。

一天，接生婆凭着自己的直觉从东京赶来，但扑了个空，第二天一早又回去了。

还有一天，两年前结识的一位久违的朋友K来访。K最近初为人父。他和我聊天，说孩子的一个喷嚏都会使他提心吊胆。K告诉我说他的孩子是在东京的医院出生的。当他接到孩子就要出生的电话后，感到一种异样的激动。一个人待在家里，坐立不安，不知如何是好。这时传来了安产的消息，他急忙赶到医院，看见刚出生的婴儿正熟睡在妻子身旁的小棉被里。他在心里感叹道："原来如此啊。"我多少能领会他这句"原来如此啊"的意思，我们大笑起来。

K有着丰富的育儿知识，这天他和护士也聊了许多这方面的话题。

后来，妻子说她感觉腹部有些变化。护士询问了情况后说："先这样等等看吧。"K说："凭我的感觉，可能是明天中午两点左右要生。"仔细一问才知道原来他的孩子就是中午两点左右出生的。

没多久 K 就回去了。我把他送到车站，临别时叮嘱他回去后替我打电话通知麻布的家里。但不久妻子的状况又平静了下来。

二十二日晚上，我们搬了椅子坐在院子里，迎着湖沼对面吹来的微风乘凉。妻子突然说："肚子好像胀起来了。"现在去叫接生婆已经赶不上末班火车了。护士说反正是开车来，先看看妻子的情况，晚点再去请也来得及，接着又说："看这样子得到明天上午或中午吧。"

妻子痛得不厉害，我们决定先睡觉。于是两人都睡下了，夜里一点半左右，我被妻子的呻吟声吵醒。我起身去叫护士，又把阿常和阿久叫起来，吩咐她们赶紧去烧水。然后我点了提灯去车站，特鲁（狗的名字）跟在我的身后。

我孙子市在非办公时间发不了电报，我只能指望车站员发发慈悲，违规为我打一通电话。[1] 去年孩子死后，当时的副站长曾好心地对我说，有紧急情况可以用站上的电话。那位副站长如今转业不在了，我就拜托新上任的副站长，他欣然

1　我孙子市在千叶县，麻布和上野都属东京。明治到大正时期，市外电话还未普及，车站之间工作人员或可通话。上野站当时设有日本第一台公用电话。

应允。电话打过去，上野站上迟迟没人接听。好不容易等来了，副站长却一时说不清楚要让对方做什么事。这时下行的货车到站，副站长不得不去站台把通票[1]交给列车员。另一位面熟的站员接过话筒，这次终于说明白了。

我急忙赶回家。

"生产还早呢。"护士一边说一边忙着手中的活儿。

我打算将八叠的客厅作为产房，护士却不同意，她喜欢隔壁的六叠房间。她是个亲切善良的女人，但固执己见，根本听不进我的意见。我很生气，将护士准备好的产床拉到了客厅里。

外面天还很黑。Y应该在睡觉，我又不能逃到他那里去。

"快生的时候我就去院子里。"我说道。

按过去的习惯，老婆生孩子，丈夫是不能亲临现场的。我想这其中必有一定的道理。妻子除了巴望孩子顺利降生，还惦记着不要让丈夫看到自己丑陋的脸和姿势。让妻子如此费心，真不应该。就我自己来说，也觉得目睹妻子丑陋的姿态并非好事。我也不忍心一直瞧着妻子遭受痛苦的折磨。

妻子肚子痛一阵子又好一阵子，而不痛的时间越来越短了。我派阿久到三造家，告诉三造去接镇上的医生。

天亮了，大门屋檐上传来鸽子起飞扇动翅膀的羽音。

1　明治时期开始使用的一定区间内列车的通行证。

妻子的疼痛越来越剧烈。我感到心神不宁，一会儿在门里门外进进出出，一会儿又毫无目的地在房间里来回走动。人手不足，年轻的女佣们也都去产房忙活了，我一个人也没心思到院子里去。可究竟做什么好呢？自己好像也帮不上忙。

"先生，先生！"护士喊我进去。

"请按住夫人的肩膀。"

我立即在枕边坐下，硕大的手使劲按在妻子两侧的肩膀上。妻子双手交握于胸前，全身使着劲。她双眉颦蹙，脸色苍白，嘴里紧紧地咬着厚厚的一叠纱布。妻子的面庞显得比平时更加美丽，我看到她正拼尽全力。

"就看是小婴儿先到，还是我家医生或镇上医生先到了，大家比赛呢。"护士镇定自若地说道，但看得出她也很紧张。

妻子屏住呼吸，紧紧闭上眼睛，我也受她影响，两只手更加了一把劲。

"小婴儿赢了，赢了！"

羊水如泉水般喷出一尺高，婴儿黑乎乎的脑袋露出来了。就如堵塞的小河突然被放开了水闸，那小小的身体顺畅地滑入母亲全力张开的双膝之间。婴儿洪亮的哭声使我激动不已，眼泪都要涌出来了。我顾不得护士在场，亲吻了妻子苍白的额头。

"了不起，了不起，小婴儿赢了，赢了！"护士满脸豆大的汗珠，一边麻利地收拾着一边说道。她收拾完，把婴儿放在那儿就走了。婴儿哭得更大声了，动起小腿，不住地踢腾着妻子的腿肚子。

妻子一边深呼吸，一边无力地抬眼看着我的眼睛，脸上露出舒心的笑容。

"太好了，太好了。"我点着头满心都是感动，同时生出一股感激之情，内心寻求着一个能明确表达谢意的对象。

对刚出生的婴儿，我没有特别的亲情。既不想靠近哭闹不休的婴儿看一看，也不那么想知道孩子是男是女。我只是感受着出生所带来的愉悦和感动在胸中泛起涟漪。

分娩没有一处是丑陋的。妻子这次是最自然的生产。她的容颜、姿势没有显露出任何丑态，所有的一切都是美好的。

之后都很顺利。镇上的医生来了，东京的接生婆来了。不久，东京的母亲也来了。我让母亲请祖母给孩子起个名字。

为了办理出生登记，两三天后我带上印章来到东京。祖母没想出什么好名字，就问把她的"留女"这个名字用上怎么样。二妹笑着说这个名字太滑稽，她念的女校里没有人叫这种名字。可我喜欢祖母的名字，母亲也很赞成。

考虑到同名同姓也不方便，因而末尾添上"子"字，给孩子取名为"留女子"。

十一

　　说起来，这是四个星期前的事了。

　　我看了报上刊登的一篇正在歌舞伎剧场上演的《团七九郎兵卫》的剧评，就很想去观赏很久没看的歌舞伎。

　　我约了M，打算和他二十三日一起去东京看。我想把日子定在这天是因为正好有事要去办。但二十三日的前一天就是千秋乐[1]了。我们想或许别的地方也会上演，就算没有好剧目，看看无声电影也好。我和M说好，那天我办完事后十二点半在丸善书店二楼和他碰面，如果我晚了就去绸布店高岛屋找他，他夫人要去高岛屋办事。

　　二十三日，我起床后顾不上吃饭就早早出了我孙子的家门。在东京的南千住下车，到桥场的朋友那儿办了点事，一个小时后去了日本桥的三井银行。本打算一刻钟就解决的事，两个小时过去了也没有进展。左等右等也不见有人叫我的号，心情十分不快。如果有书看还好，但一动不动地待在一个与平日呼吸的空气完全不同的环境中，不安与不快使我变得焦躁。周围都是些毫不相干的陌生人，我只感觉自己如滴入水中的一滴油。

1　演出的最后一天。

我终于忍耐不住，没有取到钱就出来了。偌大的一个大楼，使用着大量人力却没有工作效率，让人干坐在长椅上傻等的时间足够乘坐普通快车到国府津的下一站了。这简直是太糟糕了。对不了解进度、规规矩矩等号的客人，银行不将大致的时间告知并给予提醒，实在是不够周到。

我过了日本桥去了森村银行，这次的事不是很紧急，拜托给银行之后，我按照昨天妻子的嘱咐，到黑江屋买了红豆饭套盒，用于第二天参拜[1]时上供。我借用店里的电话跟麻布的家里联系，接电话的母亲说道："早上奶奶的下巴脱臼了。"

据母亲说，早上淑子到祖母的房间，见她躺在床上张着嘴，神情恍惚。淑子说什么，祖母只能"啊，啊"地点头答应。（我现在才知道）之前有一次祖母站在檐廊上，有人说"月亮出来了"，祖母听了便回道"是吗"，就在仰头去看的那一刻，半边的下巴就脱臼了。淑子知道这件事，立即叫来母亲，给医生亲戚打电话。可是医生生病了，于是她打给另一位医生亲戚，不巧对方旅行去了不在家。没办法母亲只好又打电话给前一位医生，请他找别的医生来。这位医生不忍心，忍着病痛很快赶来了。祖母的一侧下巴合上了，另一侧总也合不上，疼痛难忍。

1　日本的婴儿出生后，向其出生地守护神首次参拜以祈求保护的风俗。一般在出生后第三十天左右进行。

母亲在电话里对我说："现在她休息得很好，就是有一点发烧。"

"多少度？"

"刚才是三十八度三。"

"有点高啊。那等我办完事，马上来看看。"

"嗯。"母亲应道。

我知道这时父亲在家。

我拎着红豆饭套盒去森村银行，他们已将我的事办好了。接着我又去了三井银行，事情还是没办成。

我心里惦记着祖母，之前从来没听说过她下巴脱臼的事。这原本也不是什么大事，但我感到祖母的身体渐渐衰弱了。我不由得忧愁起来。

稍稍过了在丸善见面的约定时间，我急忙去了高岛屋，没有看见M夫妇的身影。过了一会儿见他俩从台阶上来，原来他们错过了一班列车。

我们三人在那儿吃了午饭。我因为在银行遇到不快之事以及挂念祖母而情绪低落。吃完饭，我和M离开了那里。我已经没有心思再去银行了。柜台四点钟结束营业，快四点时去总能办好了吧。我和M约好五点在浅草的小型电影院见面，我告别他去麻布的家。M去丸善，他夫人在高岛屋办完事就会去那儿与他会合。

我从肉体到精神都感到疲惫不堪，再加上提着包裹得严严实实的、沉甸甸的套盒，心情更加烦躁。

下了电车，我急忙赶往麻布的家。我将套盒放在门口，径直走进了祖母的房间。母亲和隆子都在那儿。

母亲立刻把脸转向祖母大声喊道："顺吉来了。"

祖母微微抬起沉重的眼皮。我望着她那湿润、充血的双眼。祖母又立刻闭上了眼睛。

我把脸挨上前去："奶奶，孩子很好。"

祖母闭着眼睛，轻微地点了点头。我提高嗓门说道："下巴脱臼这种事，根本不用担心。"

祖母沉默不语，她好像连点头都很吃力了。

"给奶奶点上一根烟吧。"母亲说。

我拿起身旁的长烟管点上烟，递给祖母。祖母闭着眼，烟嘴刚伸进嘴里就微微启动双唇吸了一口。怎么看祖母都像是已经意识不清了。

这时，祖母不断去看两腿之间，是尿排出来了。我从隔壁房间拿来尿盆，抱起祖母从身后托着她，帮助她排尿。我很不安，为祖母心疼。

好胜心强、有洁癖的祖母对待这种事从不偷懒，就连重病在身时也不愿在房间里解手。我因此常对她发火。可无论我怎么生气，祖母仍然坚持去厕所，还说不到厕所就解不出来。后来祖母渐渐支撑不住，房间里放上尿盆已经不令她那么讨厌了。但无论如何我竟不知道祖母已严重到小便失禁。

母亲让女佣端来热水，将祖母下身仔细地清洗干净。另一个女佣进来对母亲说道："老爷叫您去呢。"

母亲料理好一切站起身走了。

祖母作为八十二岁的老人，她的眼神具有一种不同寻常的生命力。在这四五年里，她的身体虽然一天天衰弱下去，但每次与她目光相接时，我都觉得不用为她过早担心。祖母说话的声音里也有一种力量。她坐着吩咐远处的女佣或者孙儿做事时，声音十分洪亮。每次听见我总会感到心情愉悦。我很害怕祖母死去。想象祖母去世时，我和父亲发生争执的场景就感到恐惧。无论如何，我都希望祖母能活得更长久些。

我之前提到的丈夫、妻子以及女佣怀孕的故事里，写到妻子的祖母生了大病，我特意把那位祖母的年龄写得比祖母大两岁，并且写道她最终克服了疾病。我总觉得不写出一个欢喜的结局就不能安心。可是如今我看不到眼前的祖母她的希望在哪里。祖母下巴屡次脱臼令我深受打击，而如今又见到她衰弱的身子，我预感自己恐惧的事就要来了。

母亲一脸不高兴地回来了，站在檐廊向我招手。我起身走过去。

母亲小声说："看奶奶这状况用不着担心了。今天就先回去吧。你呀别往心里去。"我忍住怒火，沉默不语。我不理解母亲凭什么说"看这状况用不着担心"。接着母亲又说道:"如果在奶奶生病期间,你和你父亲发生冲突,那才是最大的不幸呢。"

"我认为父亲和我的关系、我和奶奶的关系,这两者不能混为一谈。您也同意我的观点,对吧?"我有些激动地问道。

"唉,我明白你说的。"

"那么父亲也该同意我的观点。即使他不认同,我还是会做我该做的事。这样吧,我先心平气和地写封信请求他的理解。"

"这很好啊,一定要以温和的态度,知道吗?"

"干脆我现在就去见他吧。他在书房吗?"我问。

"现在不要去。等你心情平静下来,诚恳地给他写一封信好了。"

"那就这么办吧。我想拜托您一件事。您为了不让我担心很少提及祖母不好的事,这反而让我很不安。以后请您将情形如实告诉我。如果您有事相瞒,我更会胡思乱想了。"

"明白了,我会注意的。"母亲说道。

"那我回去了,明天早上请发电报来。两三天内我会再来的。一定要给我发电报。"

"知道了。给你父亲的信里不要讲大道理,尽量写得诚恳些,明白吗?"母亲叮嘱我说。

五分钟后,我又拎着大大的套盒离开了麻布的家。

我的心情越来越糟。仿佛看见父亲青筋暴起，对母亲大发雷霆："赶紧让顺吉滚，马上给我滚！"又仿佛听到他的声音说："不管有什么事，绝不许他踏进家门。"

我心里不快，也很生气。不过都是已经预料到的事，我没有被不快的情绪淹没，且有意识地提醒自己保持冷静，但一想起祖母的病情，胸口就隐隐作痛。

妻子让我买一些礼品回赠给那些为孩子的出生送来礼物的朋友，她不想等到第二天参拜仪式结束后再去办。为了买这些礼物，我拖着疲惫的身体，怀着颓丧的心情去了银座。除了套盒以外，我手中又多了两个纸袋子。

四点前，我又去了三井银行，终于将事情办完，然后去了浅草。

我按照约好的时间在电影院和 M 夫妇见面。看完某部电影后，M 把当日在丸善买的一本巨大的罗丹的画册拿给我看。我刚看了三四幅，心情又沉闷下来。看电影也提不起兴趣。

大约半小时后大家走出电影院，原先打算去第二家店的，可出了电影院谁也没提这事。M 夫妇考虑到我的心情，对待我的态度使我很自在，他们体贴而关怀，我从我们三人之间超越言语的默契中得到了安慰。他们两人手里也提着不少买的东西，又帮我分担了一部分。我们进饭店吃晚饭的时候，我给母亲打了电话。

母亲对我说："奶奶没什么变化，不用担心。"

待了一会儿，我们走出饭店，在商店街闲逛起来。我终于能以平和的心情跟M讲述下午离开麻布家时的情形。

"令尊还是那么顽固啊。"M凄然地微笑着说道。

离九点的末班车还有一点时间，我们坐电车从雷门到上野广小路，然后从那里朝着相反的方向，沿着夜间商店林立的道路走到车站。

三人进了车站旁边的一家冷饮店。我又从店里给麻布家打电话。我不愿一次又一次麻烦母亲听电话，于是向接电话的女佣询问："奶奶还好吧？"

"没有什么变化。"

"是吗？那就好。不用叫别人了。"说完我挂断了电话。

我沮丧的心绪久久不能平复，如果这样的心绪再持续下去，哪怕时间再短，也会扰乱我写作《梦想家》的状态。三人上了列车后，我坐在车厢里让自己放空了一会儿。

列车驶过北千住，我拿出M买的罗丹的书，翻阅起里面的插画。之前没有心情仔细观看，现在翻了一会儿，我渐渐被它吸引了。我深切感受到罗丹艺术所具有的永恒性，心底喷涌出兴奋的热流，沉闷的心绪得到了彻底的解放。我的心灵追寻着罗丹的心灵，好像要与它一起飞翔，心情也不可思议地明朗起来。

到了我孙子车站，M家来接车的人等在外面，三造带着特鲁也一起来了。特鲁猛然朝我身上欢快地扑来。我和M夫妇一起出了车站，在马路尽头的神社前道别。

特鲁一路上紧紧跟着我们，它兴高采烈地跑到了前边就绕一圈回来，落在后面了又跑着追上来，还不时在哪儿撒泡尿。

我从三造那儿得知第二天一大早Y要去东京。我回到家，立即写了一封信叫三造送去Y家，请Y返回我孙子前在东京打电话去麻布的家里问问祖母的情况。

十二

第二天我给父亲写信。用不着母亲说，我本来就没打算在信里讲什么道理。如果讲道理有用就不会如此棘手了，解释自己要求的正当性只会白费工夫。如果我理由充分地指出父亲不该禁止我出入家门，那么我的道理越是占上风结果就越糟糕。因此我一点也不想那样去写。

我尝试着写一封多少能打动父亲的信，可很快就放弃了。我实在无法继续这种心思不纯、专为取悦对方的丑恶行为。

我重新写了两三次，可总不能很好表达内心的感受。最困难的是在写信的过程中，父亲在我脑海里的形象并不固定，换言之，我对父亲的情感不断变化、摇摆不定。动笔时，我的脑海里浮现出一个表情温和的父亲，让我觉得说不定可以与之和解，令我得以心绪平静地给他写信。可写着写着，父亲的脸发生了变化，我就忍不住开始讲道理，父亲便瞬即露出固执、不快的神色。我只好放下了笔。

我感到此时此刻的我是写不出这封信了，只好写信告诉母亲我不打算给父亲写信了，等近期去东京时直接找他谈谈。

下午电报来了。

"奶奶较昨日好些，体温三十七度二，石黑医师诊断为肠炎，护士会来，不必担心。"

昨天我还恐惧不已，害怕祖母这两三天病情会加重，这通电报给我吃了一颗定心丸。

晚饭时，先前我去拜访过的桥场的朋友来我孙子办事，顺便来找我。后来他乘十点十二分的末班车回去，我送他到车站。

上行线列车稍稍晚点了，从上野开来的下行线末班车先到了站。刚好 Y 走了出来。Y 将电话里听来的祖母的情况详细告诉了我，看来我昨天的恐惧可以完全抹消了。上行线列车开出，送走桥场的朋友后，我和 Y 同路回家。

次日，我看到报上一则新闻，说的是住在早稻田的一个大嘴的老人[1]生了重病。尽管我很讨厌这个老人，可还是希望他能够得救。现在正是气温多变的换季时节，不断传来老人病倒的消息。我又开始担心起祖母的健康。

1　指早稻田大学的创立者大隈重信。

我继续写将刊登在十月份的杂志上的《梦想家》。

我现在不恨父亲了。但如果父亲将内心的憎恶毫不掩饰地表露出来，我是否依然能以平和的态度对待他呢？

我想起住在京都时，上高中的堂弟在给我的信中写道："我期待着有朝一日你以大爱拥抱令尊。"当时我非常气愤，回信说："从未亲身体验过大爱这个词意思的人，不应该胡乱把它套用在他人身上。"

我没有自信了。我居然曾想过自己如今有了宽厚的胸怀，无论父亲态度如何，我都能以温和从容的心态面对他。我真是太狂妄了。以为自己不知不觉就能怀着一颗包容的心去爱父亲，这真是荒唐可笑的事。我高估了自己爱的力量。

若能不受父亲态度的左右，并非勉强而是发自内心地宽容待之、处处忍让，这再好不过。但我现在却总是刻意为之，那对我来说似乎操之过急而无法坚持。

总之只有先见上一面，让情况自然发展。认为自己的行为能不受感情左右、能让一切都按自己期望的方向发展，只不过是一种愚执罢了。

八月三十日是生母的二十三周年忌。那天如果父亲在家，我想借去东京扫墓的机会与他见面。

十三

三十日，我带着自行车去了东京。自行车是前天画家SK从东京带着骑来、回去时搁在我家的。

到了东京后，我骑自行车从上野去麻布。在谷町到麻布家途中的坡道上，我下了自行车推车步行。我想象着说不定下一刻穿着和服的父亲就会从前方向我走来。这是很有可能发生的事。他如果不想见我，就会外出躲避和我相遇，那么一定会选择这条路，因为这条路和去车站最近的路恰好是反方向。我想如果碰上父亲还是要和他打招呼的。我脑海里浮现出那个场景：我走近父亲要和他说话，父亲什么也不说快步就要从我身边走开。我一边说着什么一边拦住他。父亲最终也没搭理我就那样离去了。这虽然是想象，但也是最接近现实的想象。

我来到麻布的家，看见内门的门边放着叔父的手杖。我径直走去祖母的房间。祖母把睡铺铺在走廊对面的房间里，自己坐在睡铺旁的座垫上。她的气色比我预想的好多了，目光炯炯有神，恢复了原先的风采。我高兴极了。祖母由两位护士照看着，房间里除了叔父，还有母亲和穿着比平时更讲究的妹妹们。

祖母问我为什么不早一点来，和尚诵经刚刚结束，没赶上太遗憾了。

叔父告诉我他两三天内打算去京都。

祖母听了对他说："昨晚我做了个梦，梦见你要去京都的寺庙里拿资格证书，我正问你呢，就你这样也能拿到证书吗？……"说罢带着恶作剧的神情笑了起来。

"您是说我拿不到吗？太过分了吧。"叔父说道，"不过确实像我这样的还拿不到呢。"

"那您不是去拿证书吗？"隆子问道。

"不是。"叔父笑了，"那是奶奶做的梦呢。我去建仁寺看看好久没见的老师。"又转向祖母说，"我跟您提过去京都的事吗？我好像没说过吧。"

"嗯，好像是没说过。"祖母答道。

这会儿，一直显得心神不宁的母亲对我说道："过来上个香吧。"

"好。"我起身去了佛龛的房间，母亲也跟着进来了。

佛龛上点着灯，摆放着线香、鲜花和茶点。旁边的挂轴是一幅拙劣的肖像画，画着这日的佛[1]抱着我那位三岁死去的哥哥。

我点上线香，行了礼。

"父亲在家吧？"我问坐在一旁的母亲。

"嗯，在家。"

1　在日本一般认为人死去便成佛。当天是生母的忌日，这里的佛指生母。

"写信无法表达我的想法，还是当面说比较好。"

"那是自然，能心平气和地谈再好不过了，跟你父亲好好聊聊吧。我今天一大早求了好几次佛，请佛祖保佑我们。你不要因一时之气再说什么过激的话。哪怕闭上眼睛，跟你父亲说句道歉的话，承认自己错了就行。你父亲年纪越来越大，和你的这种关系让他心里很痛苦。你若能道个歉，你父亲就满足了。作为长辈，对冲撞自己的孩子总不会先开口的，这也能理解吧？他确实固执，但人不坏呀。"母亲眼里含着泪水。

"那当然。可我是这么想的，我和父亲的关系发展到这一步是无法避免的，如果不是这样对我也并非什么好事。父亲的确很可怜，我也确实做错了一些事。导致今天这样的局面我很无奈，但后悔也无济于事。假如我过去是一个讨父亲喜爱的儿子，我只会觉得那样的自己毫无出息。"

"唉，这我懂，并不是说你要完全放弃自己的主张，对父母百依百顺。可你今天在父亲面前道个歉，也不代表就失去了自我呀。妈妈求你了，跟父亲说一句'一直以来对不起'吧。只要你这么做，你父亲、奶奶、我们全家人都会很高兴，以后就能快乐地生活在一起了。无论如何，请你闭着眼睛说一句道歉的话吧。拜托了。"母亲激动地说着，向我一次又一次地行礼。

"不是发自内心只是闭着眼睛道歉这种事，我做不出来。我心里有道过不去的坎儿，就算我按照您说的去父亲面前形式上道个歉，父亲也会有所察觉，那没有任何意义。"我接着说道，"无论如何先见了面再说吧。这种感情关系上的事，并非我们想怎么样就真能怎么样。再说，见了面说不准我就不想计较了，能得到更好的结果。"

"是的是的，一定要心平气和地谈啊。"

"父亲在书房吗？"

"大概吧。不在书房就在里间。"

我起身走向书房，对自己内心的动摇感到不安。我不想马上进去，为了使心情平静下来，我在榻榻米的廊子上来回踱步。我一点也没考虑怎么向父亲开口。心情终于在两分钟内平静了下来。我走到书房门口敲了敲门，父亲不在里面。我又回到祖母的房间，对母亲说："父亲不在。"

"可能在院子里呢。我去叫他来。"母亲站起身去了。

过了一会儿，母亲急匆匆跑回来说："你去书房吧。"

我起身走去。书房的门敞开着。我看见父亲面向这边表情温和地坐在桌前的椅子上。"搬那把椅子过来。"父亲边把头转向窗边的椅子，边指着我前方的地板说道。

我将椅子搬到父亲对面坐下，沉默不语。

"先听你说吧。"父亲又问道，"直方（叔父的名字）在外面吗？"他说话的口气让我感觉很舒服。

"在。"我回答。

父亲起身去揿墙壁上的电铃，然后回到椅子上。

"你说吧。"父亲催促一言不发的我。

女佣进来问有什么吩咐。"叫镰仓的老爷马上过来。"父亲说道。

"我觉得您和我的关系这样僵持下去没有任何意义。"我终于开口道。

"嗯。"

"过去的事就让它过去吧。我知道那些事让您很伤心。我觉得有些事是我做得不对。"

"嗯。"父亲点点头。

（我因激动，语气听上去像在生气，一开始就违背了向母亲保证的心平气和，可那是我在那种情况下能发出的最自然的语调。如今想来，没有比那更适合当时我和父亲的关系了。）

"过去的一切已无法改变。如果让那些继续影响我们今后的生活，就太愚蠢了。"我说。

叔父走了进来，坐在我身后的椅子上。

"好。那你的意思是？是说奶奶健在的时候，还是以后一直如此？"父亲问道。

"直到今天和您见面之前我都没有考虑长久以后的事，只想在奶奶身体康健的时候您能允许我自由进出这个家。如果真能奢望以后，就再好不过了。"我说着忍不住就要哭出来了。

"是吗。"父亲说道。他双唇紧闭，眼里噙满了泪水。

"我年纪越来越大了，和你的这种关系一直让我很痛苦。我当然也怨过你。可前几年你突然说要搬出去住，再三劝说也不听。我不知如何是好，只能作罢。我从来没有要把你赶出去的想法。这之前所有的事……"父亲说着哭出声来。我也哭了。两人没再说什么。叔父在我身后一个人嘀咕着什么，忽然也放声大哭起来。

过了片刻，父亲起身又去揿墙上的电铃。女佣进来，父亲吩咐道："叫太太马上来。"

母亲来了，在父亲身旁低矮的椅子上坐了下来。

"刚才顺吉说了，过去的事是他不对，从今往后想和我好好相处下去……是吧？"父亲说到一半看着我。

"是的。"我点了点头。

看到这儿，母亲蓦地站起身走到我的面前，紧紧握着我的手，一边哭着说"谢谢，顺吉，谢谢"，一边低着头在我胸前行了好几次礼。我不知如何是好，忙向母亲还礼，母亲正巧抬起头，我的嘴巴撞在了她的发髻上。

母亲又走到叔父跟前,感激地说道:"直方,谢谢! 谢谢!"

"快去告诉奶奶。"父亲对母亲说。母亲边擦眼泪边急急地走了。

三个妹妹还有六岁的禄子都来了。她们围在一起行了礼。

不久大家先出去了，父亲突然对我说："我明天去我孙子看看吧。"然后望着我，像是在听我的意见。

"请您一定要来。"

"嗯。想见见留女子，也想看看你住的地方。"父亲看上去很开心。

"等您来。"我说道。

十四

祖母的床铺不知什么时候又从隔壁移回她房里了。我和叔父在祖母房间说着话，父亲进来了。

"顺吉的事，您听说了吗？"父亲问祖母。

"听说了。"祖母点点头。

父亲好像在等着祖母继续说下去。我想祖母再多说点什么满足一下父亲就好了，可她的性格就是某些情感只装在心里，不轻易表露。父亲也欲言又止。他此时在想什么呢？父亲时不时将目光投向佛龛，那里挂着死去的生母抱着死去的哥哥的粗劣肖像画。

午饭时父亲喝了酒。母亲、叔父、我，还有几个妹妹也都喝了酒。不能喝的人举了举杯。谁都没为了什么要喝酒，大家心意相通，都怀着温暖的喜悦之情。此刻的情感无需言表，让人舒心。我们只是轻松地闲聊着，父亲像想起什么似的说道："阿浩（母亲的名字），拍电报告诉英子今天的事。"

"要不我晚上或明天一早过去一趟，直接跟她说吧。"叔父说道。他和大妹英子都住在镰仓那边。

"好，那就这么办吧。"父亲回应道。接着用眼睛扫了一遍在座的妹妹们，又故意小声地说道："明天，有谁要去我孙子呀？"

"我去。"五妹禄子说。

"我也去。"四妹昌子说。

"好。那边的姐姐们呢？"父亲笑着看着那边。

"大家都去。"二妹淑子说。

我早上虽然没吃什么，可这会儿午饭也一点不想吃。我把父亲派给我的葡萄酒兑水喝了一点。

午后，父亲有点醉了，说和我们分开行动，他等酒醒后泡个澡再出发。除了祖母以外，我们一行七个人去青山扫墓。我带着自行车，途中不坐电车的时候就推车和叔父并排走着，我们没有提这天的事，和母亲走在一起时也一样。

我在长女的墓前与大家道别后，骑自行车去了四谷[1]的画家 SK 家。

SK 在院子里洒水。趁着他洒完水洗脚的工夫，我给母亲写了一封感谢信。感谢她长久以来痛苦地夹在我和父亲之间，尽管经历多次失败，也没有放弃我们父子和解的希望。此外，还写了我之前提到的心里那道坎儿已经过去了，我感情上丝

1　位于东京都新宿区。

毫不觉得委屈，而是顺其自然地迎来了和解的一刻。一切都比我预想的要好，我很开心。这次一定不会背弃与父亲的承诺。

我将事情的经过告诉了SK。SK听了特别高兴，他的善意使我心情舒畅。SK说："给康子发电报吧。她一定很开心。"

"她不知道我今天来见父亲的事，不会担心什么的。"我答道。

不久，相约见面的两个朋友也来了。

我从到SK家的时候起就感到身心极度疲惫，但这疲惫并没有让我不快，而是犹如笼罩在浓雾里的山坳中的一面小湖，心神悠远缥缈。这感觉就如同旅人结束了漫长的不愉快的旅行，终于回到了自己家中。

为了赶上末班车，我和大家告别后出发去上野。

出了我孙子车站，三造打着提灯在等我。走回家的路上，他从我身后说道："明天麻布的老爷要过来。"

"打电报来了？"

"三点左右打来的。"

"好。小辈们都会过来，明天天气好的话去捞一些蚬贝，早上把船开到家前面来吧。"

"好的。我刚才去鸡肉店订了明天的鸡肉。"

"我。明天你尽量早点来，把家里打扫一下。"

"打扫过了。太太领着把内外都打扫得干干净净。"

我刚要走上家门前的坡道，就看见妻子站在那儿。她默然走到我面前，双手紧紧握住我的手说："太好了。"

十五

第二天我独自到车站迎接父亲他们。妻子本来也想来，但因为孩子身体有点异样的抽搐，我没让她来。

列车到达。隆子最先下车，接着是禄子和昌子，然后父亲下来了。我行了礼。父亲面无表情，微微点头，"啊，啊"地应了两声。

直到出了车站我也没有和父亲说话。父子俩都有点拘谨。我想这拘谨的感觉很快就会消失的，为了缓和气氛而没话找话说反倒不好。父亲也无意和我搭讪。

大家坐上人力车来到我家。妻子抱着孩子迎出门来。她见了父亲，眼泪就要涌出来。父亲看着孩子。

这天我一整天心情都很好，拘谨的感觉也很快就没有了。我们聊了陶器和绘画。我取出自己仅有的一点古陶器和古织物给父亲看，父亲说起了他最近买的挂轴。我们聊得很开心，谁也没有谈起昨天的事。但父亲趁着妹妹们出去玩的工夫，对妻子说："顺吉希望今后我们父子能够一直好好相处，这也是我的愿望。这之前的事我们都不提了，你也要这么想才好。"

妻子什么也没说，一边拭泪一边不住地点头。父亲开口的时候，我还以为他会将昨天跟母亲说的话再对妻子重复一遍。我相信即便父亲那样说了，我也绝不会感到不快。但他没有说。我心里很感动，对父亲充满感激。

"慧子到底是怎么会……"父亲说。

我们没有回答。关于慧子的事，我已经不再抱怨父亲了。

他们乘坐三点前的列车回东京。

父亲临走时又对妻子说："以后还会经常来的。"

"请您一定来玩。"妻子说。

"请经常来。"我也一起说道。

我送他们到车站。列车晚点了。我对二妹淑子说："我接下来会比较忙，暂时就不去东京了。"

站在一旁的昌子仰起脸问道："哥哥，你年内总要来的吧？一定会来的，对吗？一定哦。"

姐姐们都笑了。昌子不知在计划什么，说了好几遍。我感到这次与父亲的和解，就连对不满八岁的昌子来说，也是一件大事。

父亲看上去有点疲惫。不久列车进站了，大家都上了车。父亲在我所在站台另一侧的窗边找了个位子坐下，妹妹们挨在一块儿，从这侧的窗口一齐探出头来。

汽笛声响起，大家喊道："再见。"父亲望着我，我看着他的眼睛轻轻掀动一下帽子，向他行礼。

"嗯。"父亲说着微微低下头。他的这个举动没有让我感到满足。我带着既非愁苦也非哭泣的复杂表情，望着父亲的眼睛。这时父亲的眼睛里流露出某种神情，那正是我潜意识里寻求的。心与心的碰撞带来的喜悦和兴奋，使我的表情变得越发复杂。列车开动了，妹妹们不停地挥着手，直到列车驶出长长的站台转向右方看不见了。我撑着洋伞久久地立在空无一人的站台上。

出了车站，我急匆匆回到家，不知道自己为何这般着急。我想这次我绝对不会违背和父亲的约定。此时，我的心里感受到了对父亲的爱，过去一切的悲怨都融化在其中了。

十六

我无意继续创作以父子不和为题材的小说《梦想家》。我必须寻找其他素材。素材还是有一点的，可用心体味这些素材需要时间，而很多时候花了时间也未必做得到。这时如果勉强提笔，写出来的也是没有血肉的失败之作。今天是九月一日，在十五六号之前，我能否交出令人满意的稿子呢？

我一边这么思索着一边回味与父亲一道生活的往昔。我想近期再去看看父亲，与其等到两三周之后不如早点去。为了向父亲表达心意，我想出一个主意：用自己赚到的钱请SK为父亲画一幅肖像画。这对于从心底为我们感到高兴的SK来说也是一件有意义的事。于是我立即给SK写信。

第二天早上，我寄了信之后还是决定去一趟东京，见过父亲后再去见 SK。我想尽早把这些事办完，这样才能安心。

去车站的路上，我顺路到邮局领取了自己的邮件，其中有大妹英子从镰仓寄来的信。我边走边读。

"一大早还在睡梦中，直方叔父就来了。他告诉了我们一个令人无比欣喜的消息。我听着听着就哭出声来。"

大妹这封信的收件人写着我和妻子的名字。泪水溢满了我的眼眶。

我出了上野站立即去麻布的家。先到父亲的书房，父亲不在那里。从中门口一直跟着我的昌子说道："爸爸不在书房，就一定在院子里。"

她从客厅的檐廊大声喊道："爸爸，爸爸。"父亲以为是谁打来了电话，急急忙忙从亭子里出来。

我换上院子里的木屐迎上前去。

这时，两人又感到如前天早上那样的拘谨，氛围有些尴尬，我一时没了主意。我向父亲提起肖像画的事，问他能不能长时间保持坐姿。父亲爽快地答应了。

我上了檐廊要离去的时候，父亲站着好像在想心事，突然朝着我似乎要说什么。我便转回身走得离他近一些。父亲低下头，要说的话却没说，只"嗯，嗯"地应了两声便走了。

我去祖母房间的途中，看见母亲躺在屋子里休息。说是大肠有点问题，一直腹泻没有吃东西，终于累倒了。

"多年的问题解决了，精神上的疲劳也散出来了吧。"母亲说道。

"这样啊。前天的事，您听淑子说了吗？"

"听说了。还收到康子的信，这下我可放心了。"

我和母亲待了一会儿，然后到祖母的房间去。祖母看上去精神很好，但地上仍铺着睡铺，祖母坐在远离睡铺的座垫上。

"这次的事，我丝毫没有勉强自己，我感觉很好。"

"那太好了。"祖母不同于三日前，脸上露出了欣慰的笑容。

"阿高（祖母的妹妹）回去后，家乡的人在一块儿聊天，阿高说了这事，大家都哭啦。那封信里头都写着呢。"祖母边说边指着床头叠放在一起的两三张信笺。

"是吗？"我没有看信。

祖母告诉我，父亲觉得我孙子的家比他想象的好，还把房子和庭院都赞美了一番。说着说着祖母沉默了。

我开始说起别的话题。祖母低着头不说话。我想她是不是想到什么事感动了，又有点担心她是不是下巴又脱臼了。然而祖母紧闭着双唇。

女佣来了，说了几句什么，祖母立刻回答了她。

镰仓的大妹带着孩子来访。

过了一会儿，父亲来了。

"直方不在有点遗憾。今天正好大家都在这里，一起出去吃顿饭吧。"父亲说道。

吃饭的地点定在了山王台的饭店。考虑到我晚上坐车回去的时间，我们决定四点钟去店里。我亲自给店里打了电话。

我很快从麻布的家出发去SK家。SK去永田町打网球不在家。我又去了网球场。SK正汗流浃背地和H进行单打比赛。半小时过后，我和他俩一起出了网球场。SK说有两个事先约好的工作必须在十月某日前完成，那之后就有时间了。我便拜托了他肖像画的事。

我和H一起去了SK家。两点左右出来回到麻布。不久，镰仓的大妹夫也来了。不算小的有八个人了，可怎么也等不来弟弟顺三。父亲焦急地让我们不断向他可能会去的地方打电话询问。

等不及顺三回来大家就出发了。因为下起了小雨，女士们乘坐人力车，父亲和我还有妹夫走着去饭店。

到了饭店后，顺三仍迟迟未来。父亲对此异常焦虑。

"该来的没来，心里总免不了惦念。"父亲说这话仿佛在为自己辩解。

但父亲情绪不错。顺三没有按时到，大家为了等他，饭菜无法上桌。这种场合，作为一家之主的父亲焦灼不安、大发雷霆是完全可能的。我忍不住想，在父亲情绪失控之前，顺三能赶到就好了。但父亲虽然坐立不安，却始终没有发火。我猜他是不想破坏和谐的气氛而在压抑自己的情绪。不过，更主要的原因还是他心宽了，不再那么爱发脾气了。

"再等一会儿，不来就开始吧。"父亲对我说道。

我想起大约三年前，我因为一件事对父亲感到不满，当时父亲似乎没有想到我会生那么大的气。第二天他突然说要带全家来今天的这个饭店吃饭，并将人数打电话通知了店家。我当时生气不愿意去，告诉母亲后，中午一个人出了家门。后来我听祖母说，到了店里父亲不停地问："顺吉怎么没来？"现在想来那种情况下我是不得已为之，却多少伤了父亲的心，我感到很内疚。

晚饭开始后不久，顺三来了。父亲显得非常高兴。

七点左右，大家从饭店出来。离末班车发车还有两个小时。父亲喝醉了，说想先回去睡觉，让我们送完他后顺便在银座散散步。

父亲在溜池¹坐上人力车。

分别时，我从父亲眼里流露出的自然而愉悦的神情中，看见了爱的光芒。我不再对这次的和解存有疑虑了。

我和大家在银座道别。

截稿日一天天临近，我感到不安。我决定将现在自己思考最多的、与父亲的和解记述下来。

过了半个月，我收到了从京都返回镰仓的叔父的来信，

---

1 位于东京都港区赤坂。

那是对我月初发去的感谢信的回复。

先前和解一事，全是顺时应势，水到渠成。你父对这次和解充满信心。你也在信中表明非一时之意。我也深感如此。我不禁想起了一首古诗：

东西南北归去来，

夜深同看千岩雪。[1]

1　出自禅宗语录《碧言录》。

一个男人和他姐姐的死

一

　　他是我同父异母的哥哥。虽说排行就在我上面，却比我大了十岁左右。他在我快要十九岁的时候离开家，从此下落不明。

　　九年之后，我与这个哥哥在信州[1]一个荒寒的村子，在姐姐临终的床前再次相见。九年未见，我对眼前哥哥的变化感到震惊。到底是什么使他有了如此大的改变呢？

　　哥哥和我们在那里一同住了三天。葬礼一结束，他就独自一人穿越来时广漠的高原，消失了踪影。从那时起到如今正好五年了，谁也没有他的消息。认识他的人都说："已经死

1　位于长野县。

了吧。"可是我相信哥哥一定没死，不知为何我就是如此相信。

哥哥是突然出现在死去的姐姐床前的。因为没有人知道他的行踪，这就证明他不是接到通知才来的。哥哥什么话都没说，没有人知道实情。我认为哥哥不可能是偶然就在附近得知后赶来的。请容许我想象一下，正如伯利恒的星星[1]引导东方的学士们那样，哥哥是在某种力量的引导下从相隔百里的地方一步步艰难地来到了姐姐床前。

如果是这样的话，就不能说哥哥不会在某个时候、某个场合再次突然出现在我们面前。我相信他一定会的。

去年过了米寿[2]的祖母依然健在。比起我和姐姐来，祖母更加疼爱这位哥哥。自幼年时代起就习惯了这种关系的我，并没有感到委屈，可姐姐却时常抱怨。

现在祖母已经绝口不提哥哥的事了，我想是顾虑到我以及我的生母的感情。可她依旧惦念哥哥，那副样子即便在旁人看来也很是可怜。以前（大约十年前了），祖母曾说过"我不再想去见芳行了"，这不是祖母在说谎，而是她怀着一个信念，哥哥一定会在某个时候主动来见自己。我相信这是事实。哥哥下一次出现在我们面前时，一定是祖母死去的时候吧。无论祖母是突然逝去还是死于非命，在那之前，哥哥一定会

---

1 据《圣经》记载，耶稣降生时，伯利恒（耶路撒冷附近）的天上有一个特别的发光体，它在耶稣降生后引来自东方的三学士找到耶稣。

2 因"米"字可拆分为"八十八"，代指八十八岁寿辰。

从几百里远的外地赶回来的。以祖母和哥哥的关系，我莫名地对此坚信不疑。

五年前的秋天，姐夫突然来信说姐姐在夏季到来之前病倒了，恐怕将不久于人世，故写信告知。当时还健在的父亲说了句"谁都不准去"，那是因为父亲是一个死要面子的人，曾经对关系极差的姐夫说过"绝对不再和你来往"之类的话。然而母亲没理会父亲的话，父亲自己恐怕也只是拉不下脸，心里还是希望有人去看望的。母亲考虑到山里没有滋补品，就买了各种各样的食品让我带上，我立即从上野坐火车出发了。

二

关东的平原正值秋收季节，田里人头攒动，来到信州高原，只见远山山顶披着一层薄薄的白雪，已经是一派初冬的景象了。我在某处车站下车后，还必须朝大山深处走上四十多公里。这天晚上我实在无法到达目的地，但想着哪怕多靠近一步也是好的，我多给了不太乐意的车夫一些钱，计划当晚抵达二十公里之外的一个村庄。

夜很黑，天气寒冷。我僵硬的身体缩在竖着衣领的外套里，沿着一条激流边新铺的道路，乘车登上那缓缓的斜坡，自然地，我回忆起姐姐不幸的一生。

姐姐是个美丽的女子。二十岁时嫁给现在的丈夫。姐夫那时任职父亲所在的公司，是父亲手下一名年轻得力的助手。父亲很信任他。特别是后来，哥哥没有固定工作，成天无所事事，父亲就更加依赖姐夫。原本姐夫的年龄就比哥哥大很多，父亲便连家事也绕过哥哥，多半与姐夫商量。祖母常常为此感到不快。

哥哥离家出走时父亲年逾六十。虽说父亲对哥哥一直抱有不满，但哥哥那样不辞而别，确实让年迈的父亲尝受了极度孤寂凄凉的滋味。这件事使得父亲更加依赖姐夫了。

两年后，父亲辞去公司的工作，将公司事务全部交给姐夫，对他委以重任。姐夫却利用职位之便，大胆做起了投机生意，失败后，又挪用公司的资金填补亏空。父亲得知后大发雷霆，不仅因为姐夫辜负了自己的信任，而且连累他也要承担责任。投机造成的损失很大，即使倾家荡产也填不上这个窟窿。最后，父亲拿出自家财产的三分之一，承担了一部分责任才了结此事。从此，不仅姐夫，就连姐姐也被父亲坚定地拒之门外。祖母、母亲和我都劝慰父亲，姐夫受到惩罚就罢了，姐姐没有理由也受到那样的对待，父亲听了气急败坏地大声吼道："你们都不怕变成乞丐的话，就让她来吧！"

父亲说要是允许姐姐进这个家门，姐夫迟早也会来的，至少他死后，这样的事一定会发生，还说"时子如果离了婚回来，我不会不让她进门"。可姐姐那时已经有了十岁的女儿和七岁的儿子。就算没有孩子，她是个多少带些传统观念的女人——虽说实际上也并没得到丈夫的关爱——根本不会想到离开丈夫回娘家的。我确信父亲并没有真的指望姐姐离婚，只是在气头上说说而已。

后来的一段日子里，姐姐多次耐着性子请祖母和母亲在父亲面前求情，知道毫无用处后，她毅然决定陪在丈夫身边。不久后，两人一同去了姐夫的故乡，那个贫瘠的山村。

三

祖母认为哥哥离家出走完全是顽固的父亲一手造成的。而父亲非常信任的姐夫竟然做出不轨之事，祖母对父亲有了一种复仇的心理，好似在对他说"瞧瞧你做的好事！"，明显得连我们也看得出来。实际上，我也觉得要是父亲对哥哥多一点关爱，以宽大的态度看待哥哥钟爱的事业就不会发生那样的事了。然而这并不是导致哥哥离家出走的直接原因，他自己也讲明了这一点。自己的命运由父亲的心情左右，这种想法本身就让他很不愉快吧。不管怎么说，哥哥对当时的自己无比厌恶。当然他对父亲也非常不满，不过他更讨厌自己。哥哥曾用他那双布满血丝、毫无气力的眼睛看着我说："别人无论多么讨厌我，我都能活下去，可若连自己也讨厌自己，那还不如死了的好。"那是他离家出走一个月前的时候，见他战战兢兢、毫无自信的样子，连我都觉得他撑不下去了。所以祖母认定哥哥出走都是因为父亲，这完全是误解。（详情我下文再解释。）我很想这样告诉祖母，但由于我和哥哥是异母兄弟，又考虑到哥哥走后我继承了家产这件事，总感到难以启齿。

姐姐不再和我们有任何联系。我和母亲给她发去的贺年卡也没有收到回复。姐姐十岁还是十一岁的时候失去了生母。虽说她是个善良的人，但性格乖僻。祖母将爱全部倾注在哥哥一人身上，没有得到家人关爱的姐姐，莫名有着很深的猜疑心。她只和哥哥经常吵架，不过二人之间也有一种亲近感吧。表面上她与我母亲相处得还不错，但自从哥哥离开家，她又被父亲拒之门外后，便似乎怀有了女人常有的猜疑，认为是我母亲为了让我独自继承家产，背后做了手脚。那完全是误解，家事都由父亲的意志决定。作为亲生儿子，我不便说出来，可那的确是猜疑。我母亲即便有那样的私欲，从人的感情上来讲也不足为奇。但我相信母亲绝不会受感情的支配，真的怂恿父亲做那样的事，她也绝不会暗自产生这样的想法。

我感到这个家忽而笼罩在了暗影里。父亲依然很顽固，可他那副藏不住的、心绪低落的样子，我们看在眼里都很痛心。虽然我觉得这样下去不行，但也毫无办法。正如眼看着物体倾斜下来，没有比支撑它不让其倒下更无益而痛苦的事了，还不如任其倒下，再建立起新的事物为好。

我那时还在法科大学[1]上学，有一次跟家里提出想结婚的事。母亲斥责我为时尚早，但父亲却表示赞成。不久由父亲选择，我自己也同意后迎娶了现在的妻子。哥哥出走就是因为结婚问题惹出的麻烦，父亲不想重蹈覆辙。我的妻子是一个成日里如孩子一般无忧无虑的人。自从她嫁过来后，这个家就变得明朗起来了。第二年女儿出生，没想到这个小女孩一生下来，就以她那超出全家人数十倍的强大能量，瞬即照亮了整个家庭。

四

然而在光明之中，哥哥和姐姐的事仿佛遮挡太阳的流云投向大地的阴影，每当想起这些，我们的心就不得不在暗影中度日。可想多了也是徒劳。我常对母亲说："或许我们的命运会在某个节点出现转机，我们要为那天做好准备，除此之外没有其他办法。"母亲听了答道："这话没错。你父亲、哥哥还有姐姐都不是坏人。"

这的确是事实。父亲、哥哥还有姐姐都不是坏人，只不过耿直得过了头，而且很固执。我想了想三人的性格，感叹他们不愧是血脉相连、拥有相同个性的人，不同的只是各自

1　旧制帝国大学法学部的旧称。

的时代背景和境遇。无论父亲还是哥哥，都是一条道走到黑、不撞南墙不回头的人。父亲对自己要做的事从不迟疑，但哥哥遇事容易踌躇不决。特别是在家事上，父亲可以随心所欲地走自己的路。而哥哥的路大多走不通，那是因为父亲的阻挠——哥哥从一开始就受这个意识的左右，可犹豫再三也无法选择其他道路，这是他的性格所致，这条路走不通就更加认定它是唯一的路。哥哥一个人苦恼了很久，最终下定决心去跟父亲交涉。那时哥哥长期压抑的心情已经使他疲惫不堪，可以说一开口就是一副吵架的口气。这是多么愚蠢的行为。和父亲说话，即使聊些轻松的话题，他都是一副一本正经的样子。

我印象中，两人的第一次冲突发生在某年暑假。哥哥约好和几个朋友去奈良和京都旅行，跟父亲要旅费的时候，父亲非常生气，说道："你和谁商量后决定这么做的？"

哥哥默然无语。

"顺序不对啊，你要经过我同意再去和别人约定，怎么先斩后奏呢？"

哥哥脸色发白，目不转睛地看着父亲不说话。他无言的反抗更加激怒了父亲。

"马上作罢，打电话拒绝他们。太不像话了！我最讨厌这种不懂规矩的事！"

"那我按顺序来，您就同意了吗？"

"那可不知道。有可能同意，也有可能不同意。"

"今天这种情况呢？"

"不是说不知道了吗？"

"不，我知道。您一定不会同意。"

父亲不自然地苦笑着，说道："为什么你能这么肯定呢？"

"我当然知道，"哥哥的嘴唇轻微颤抖着，"结果都一样。只要是我开口，与顺序什么的根本无关。"

"你既然知道，为什么还要和人约定？"

"因为我想去。一直以来，无论什么事，您爽快地答应过我的请求吗？"

"好啊，"父亲也有些激动，"既然你都明白，就不要再来求我。"

五

父亲继续说道："我本来就不喜欢你做的工作。可你说要做，我不反对。就说这次旅行，你像个悠闲的老年人一样去游玩，到奈良、京都看寺庙和艺术品，我根本不愿为你花一分钱。我看不惯一个靠父母养活的人毫不脸红地提要求。你若能独立生活养活自己，无论干什么都没关系，我不说反对的话。可靠着我吃饱饭的日子里，我绝不容许凡事任由你自己决定。今后更要注意。再发生同样的事，绝不宽饶。"

"可我一定要去。"哥哥激动地打断了父亲的话。

"随你便！"父亲怒不可遏，丢下哥哥向院子走去。

哥哥立即叫来旧书店的人，把能卖的书都卖掉之后，当晚就和朋友一起踏上了旅程。

深夜父亲回来听说哥哥走了，大发雷霆。妈妈为哥哥争辩了几句，父亲气得将火钳向她砸去。

这样的事数不胜数。对父亲来说，哥哥的态度实在让他极度不快，还常常带有挑衅的意味，这真让人觉得有点不可思议。哥哥性情软弱，因而特别注重和人相处时保持融洽的关系。但不知为何面对父亲他就常常显得既偏执又好战。显而易见，这正是他软弱的性格造成的。为了维护自己，他的确别无选择。因为一旦对父亲让步，这样的事就会不断发生。哥哥相信父亲一定会无休无止地提出要求。第一，他必须放弃从事艺术工作；第二，如果有了恋爱对象，对于结婚的事，他相信父亲百分之九十九不会赞成。在我看来，这近乎是一种强迫性思维，虽然后来这的确成了事实，但哥哥在还没有恋人时就开始害怕担心，说滑稽也是真滑稽。事实上，哥哥的强迫性思维使他胸中正涌动的爱情一次又一次冷却下来，他丝毫不怀疑要是谈起恋爱，全家必定有一场骚动。虽说自己绝不会屈服，但也害怕骚动越演越烈，不经意间便多次掐断了萌生于心中的爱的嫩芽。

当哥哥提起结婚一事时，父亲自以为通情达理，以一副得意的腔调说道："首先女方的家庭由我来选。愿不愿意娶由你自己决定。"以父亲来说这确实已经算体贴了，可终究一点作用也没有。

六

父亲的顽固达到了异乎寻常的地步，却对此毫无反省。他有一种底气，常把"我是为了这个家好"挂在嘴边，其实就是为了这个家的财产。父亲把积累财产视为自己的一项工作来完成。换言之，无论他有意识还是无意识，都是为了达到一种自我满足。从父亲那儿得到全部遗产、有了自己的事业的我说出这样的话，听起来有点奇怪。父亲还活着的话也一定会很生气。他或许会说："要不是我那么拼命为你们留下财产，你和你的孩子们现在还不知过着什么样的生活呢。"他说的也许没错。但放在哥哥身上，父亲的这句"为你们"需要多反省一下。实际上父亲主要还是为了他自己，但他可能真的觉得是为了家人。

就拿下面这件事来说吧。亲戚家父母过世，留下几个年幼的孩子，父亲成了他们的监护人。他坚决要让那家的孩子过节衣缩食的日子。他先把他们送到生活费低的乡下，此后无论发生什么事他都不愿拿出额外的钱财支援。孩子们来哭诉，我母亲经常试图从中为他们说情，父亲也不听。"官不容针，私通车马"[1]不是父亲的行为规范。他就是如此固执己见。十多年过去了，那家的孩子终于也有了一些积蓄。父亲对此有说不出的满足，觉得非常自豪。虽说那几个孩子感谢父亲所提供的安定的生活，可十多年里因无法享用一些本可以享用的事物而饱受折磨，想到在困苦中死去的双亲，他们的心里不会只有感谢。

说到底父亲就是很固执，或者说他性格如此。虽然他把这当作一种信念，但实际就是性格所致。因为若把他的所作所为当成信念来看，时常就会出现矛盾；若当作性格来看则非常统一。而且性格是先天且难以改变的，这一点父亲和祖母很像。也就是说父亲的修养只限于礼仪规范，性格上则缺乏修养。时而冷酷无情时而莫名流泪，金钱上无比执着，但还不到贪婪的地步。

还有这么一件事。我妹妹结婚后不久，一位朋友也要结婚。因为要送贺礼，父亲叫母亲去三越百货店取干鲣鱼的商品券。母亲说家里还有不久前别人给的几十张，不用再去取。父亲说："这样太恶心了，真叫人恶心。"这是一种洁癖，不

---

1 出自《五灯会元》。意思是表面上依法办事不讲情面，背地里马虎从事甚至纵容包庇。

过却使我心情舒畅。

七

父亲不是那么伤感的人，哥哥却很易于伤感。其中一个原因大概是他八岁失去生母，总沉浸在悲伤的情绪之中。关于哥哥的生母我一无所知，也不知道那位母亲如果健在，她和哥哥关系会如何，有了她的调解，父亲和哥哥又会相处得怎样。但即便是亲生母亲，对哥哥也一定不会像祖母那般近乎盲目地宠爱。哥哥也这么说过："母亲要是活着的话，母子间的感情或许还不及与祖母的三分之一。"但哥哥不满足身边只有祖母一人的关爱，他渴求死去母亲的幻影。这真是奇妙的事。哥哥一方面对祖母的爱感到腻烦，另一方面又寻求着爱，最终他寻求到了父亲身上。但哥哥自己似乎没有清楚地意识到这一点。

无论如何那都是很困难的事，甚至比寻求母亲的幻影更加困难。但二人毕竟是亲生父子，或许并不能如此断言，以为已经枯了的植物，枝上又突然萌发绿芽这种事也是有的。父亲对儿子枯竭的爱，只要有春光照耀，就不会失去萌发爱的新芽的希望。哥哥感受到内心深处那萌动的新芽，正暗自等待春天的到来吧。某个时候的某个场合，哥哥曾经向我吐露过这样的心声。可他最终没有盼来这一天父亲就死了。

起初哥哥为一些琐事而烦躁不安，动不动就顶撞父亲。这无疑是他寻求父爱而不得，实在忍受不了，以怪异的行为发泄出来的一种方式。那段时期哥哥常常哭泣，一边哭泣一边大肆吵闹。父亲也因多次和他发生冲突，尽量避免接触。他们的谈话时常进行到一半，父亲就非常不愉快地埋怨道："再继续说下去就要吵架了，我不说了。"但这时哥哥便会更加纠缠下去。"别说了，走开，走开。"父亲好像驱赶一条狗似的说道。哥哥不走，父亲就自己起身走到院子里。有时哥哥甚至还会跟过去，父亲就出门了。每当这时哥哥总会回到自己的房间里哭上一阵子。

　　倘若哥哥从那时起就在感情上很冷漠，父子的关系也不至于发展到那种地步。且不说冷漠，哥哥只要不低三下四地从父亲那里渴求父爱就行了。但他没有意识到自己的行为是寻求父爱心理的异常表现。当然，父亲是知道的，却没有回应哥哥，这也是没有办法的事。面对一个无理取闹、疯子般出言不逊的年轻人，父亲表现得无所适从也是可以理解的。

八

　　下面的事例清楚地表明哥哥多么想从父亲那里得到爱的证明。

　　哥哥真的离家出走了。他在出走的两年前，将自己的短篇小说整理出来打算自费出版。父亲答应出五百日元作为一部分出版资金。父亲愿意出这笔钱，哥哥和祖母都很高兴。但哥哥决定尽量不靠父亲的资助，只借助书店的力量。因此他要写出一部更好的作品与现有的合成一本书。就这样，时间一拖再拖，半年的光阴过去了，哥哥终于要开始准备和书店共同出资出版，他再次来找父亲的时候，父亲正巧在院子里修剪盆栽，我在一旁帮忙。

"上次你不是说不出书了吗？"父亲立即露出他那固有的严厉眼神说道。

"不是不出，只是暂时中止。这回书店也会出一点钱，我打算和他们共同出资。"

"你只顾写小说，打算将来怎么办？"

哥哥忍住怒火，沉默不语。

"小说家能有什么出息？"父亲带着轻蔑的口吻继续道。

"马琴[1]也是小说家，但那是个极其无聊的小说家。我要成为一个名副其实的小说家。"哥哥因激动说得很快。这时他突然提起马琴，是因为知道父亲喜欢马琴，时常看他写的《八犬传》。

"都是些白费劲的事……"父亲苦笑道。

二人沉默片刻。父亲突然开口道："怎么样？今后你也尝

---

1 指曲亭马琴，江户后期通俗小说家。

试自己养活自己吧……"

哥哥好似胸口被人痛击一拳，看着父亲的脸，立即答道："那我就自立吧。"

实际上，要哥哥独立生活对他来说是致命的。

两人又说了几句之后，提这件事的父亲却说道："你总是感情用事，真的想清楚了吗？"他很清楚哥哥没有独立生活的能力。

"我不是感情用事。"

"是吗？那就试试看，怎么样？"

"好的。"

"那我把之前答应的五百日元给你。"父亲说道。

（后来祖母很生气，她说五百日元是出书的费用，哥哥只拿五百日元就走了，这和空手被赶出家没有两样。但哥哥只需拿出一百日元用于出书，其余的钱由书店出资，所以在一段时间里他的生活没有陷入困境。）

翌日一大早就狂风暴雨。哥哥在这样的天气里四处寻找可以租的房子，终于在京桥[1]的旅店找到一间安静的小屋子。到了黄昏，他在风雨中将行李装上几辆人力车便离去了。

母亲认为父亲不在家，哥哥就这样不辞而别不合适，极力劝他等到次日早上再走。哥哥说第二天会来见父亲的，不

1　位于东京都中央区，银座的北侧。

听母亲的劝说就走了。我在大门口与哥哥道别，内心莫名被触动，禁不住哭了起来。

晚上父亲很晚到家，从母亲那里听说了哥哥的事，脸上瞬间露出寂寞的神情，说道："他到底还是走了啊。"然后又反复对母亲说："怎么办呢？怎么办呢？"

看到这一幕，我忽然从内心柔弱的父亲那里深切地感受到了父爱，同时对哥哥的固执泛起了一股埋怨之情。

九

哥哥在旅馆大约住了一个半月，一直没有工作。他是个稍感不安就无法静下心来的人。而且他自出生之后就没有离开家超过三周以上，要习惯这样的生活得有一个适应的过程。为了排解寂寞的心情，他不断把朋友叫到住处，有的人一住就是三四天。可哥哥没有经济来源，这种生活维持不了多久。那一个半月里他花去了父亲给的一半的钱。最后他打算到生活费低的乡下，一个人安安静静地工作。他决定去濑户内海的小豆岛[1]。

那天哥哥来道别时，全家人正一起坐在餐厅喝茶。哥哥并没有特别对着谁说，只是脸朝着母亲的方向摆出一副轻松

---

1 位于香川县东北部。

的样子，努力聊起小豆岛寒霞溪的话题来。他原本很喜欢和人聊天，可如果父亲在场，他就会异常拘谨，无法谈笑风生。

"打算去几个月？"父亲冷冷地问。

"半年或一年。"哥哥也不甘示弱，漠然地回答。

他东西都已经收拾好了，坐晚上九点多的火车出发。哥哥很难得地在祖母的房间悠闲地待了很久。

父亲一直在书房没有出来。到了傍晚他穿上印有家徽的和服准备去参加宴会，外面车还没备好，父亲有些心神不宁，在餐厅和大门之间来回走动。很明显他是在等哥哥出来和他打招呼，可不知为什么哥哥一副全然不知的样子，始终没有出来。

哥哥当然知道父亲在等他，可他很倔强。我也变得焦虑不安，对父亲产生了同情。我想不明白哥哥为何要这样无意义地挑衅，心里感到郁闷，不觉生起他的气来。

父亲越发焦躁不安，"这个短袜不行""手帕真脏"，说着又把已经放进袖子里的东西拿出来扔在一边，把气撒在母亲身上。我心里捏了一把汗，之后长期不能相见，要是哥哥还不出来会给父亲留下多么不愉快的印象。

母亲比我更紧张，可她很难开口叫哥哥过来和父亲打招呼。车备好了，父亲向大门走去。母亲不知所措，突然朝着哥哥的方向抵了抵我的肩膀说："你去看看。"母亲扔下这句话就去追父亲了。我立即来到祖母的房间。

“父亲要出门了……不打声招呼吗？”我问哥哥。

“嗯。”哥哥说着不情愿地站起身，迈着沉着淡定的步子顺着走廊而去。我知道他表现出来的态度都是假的，其实他很早就想出来了，可心里一直别别扭扭的。他一定很清楚，忍着不出来不仅会给父亲带来不快，自己也不会感到好过，最终留下的还是悔恨和痛苦，但他仍旧坐在那儿纹丝不动，内心煎熬却怎么也无法行动。想到长久以来不自然的父子关系竟使哥哥的性情变得这么乖僻扭曲，我对他产生了怜悯之情。平日里哥哥待人接物是非常坦率真诚的，只有面对父亲时才执拗得不可思议。大门口父亲刚上车，见哥哥来了，依旧一副冷漠的表情。车夫抬起车把，父亲突然对着哥哥压低声音说道：“尽早回来。”

哥哥露出些许吃惊的神色，他一动不动望着父亲的脸。父亲低垂了视线，随着车身的拐弯自然地背过脸去。

哥哥返回了祖母的房间。过了一会儿，我进去看见他正默默地流着眼泪。

十

哥哥出生在北方的一个小镇，是父亲去那儿做银行职员时出生的。

他上边还有一个哥哥。那个哥哥聪明又漂亮，很讨父亲

175

的喜爱，可惜三岁那年的秋天死去了。次年二月，哥哥出生了。天寒地冻之地要是大门被冰雪封住，就无法出去请产婆，这很让人担忧。我听说临近生产的几天里，住在镇子上的祖母的弟弟每晚都会烧一大锅开水备着。

哥哥三岁时和父母一起来到东京。祖母隐约认为那个孩子的死是由于年轻父母的疏忽造成的，这次对哥哥非呵护备至不可。她一心盼望着他的到来。哥哥到了东京后，父母便将他交给祖父母照料。那时姐姐已经生活在祖父母身边了，年轻的父亲或许觉得孩子交给他们照顾更放心吧。

过了一段日子，父亲去九州赴任，两年后再次回到东京。当时父母的惰性使他们并没有把姐姐和哥哥接回身边。

哥哥的生母两年后过世了。同一年年末我母亲嫁进门来。不久父亲又要去地方上工作，我就出生在了福冈。

俗话说养父母才是父母。父亲给予了孩子生命，但没有负起养育的责任，不得不说这为多年后的灾祸埋下了种子。这责任应该由谁来承担呢？没有人说得清楚。然而父亲却把它归罪于祖父母。

父亲和哥哥之间发生的最激烈的一次冲突，是因为那时社会上突然热议起的"W川沿岸矿毒事件"[1]。哥哥听了几次相关的演讲会后，提出要去受灾地慰问视察。那个时候我应该有八岁了，可完全没有留下任何记忆，据母亲说这次冲突相当激烈。

那时哥哥还是个初中生，又是任何事情都一意孤行的脾气。父亲对他说"要是我们家同情灾民的事被F先生知道了，对我很不利"，还说"你还是个学生，轮不到你去说三道四"，又说"总之F先生是个了不起的人，我很尊敬他"。听了这话，哥哥大声反驳道："他是个坏人。"

结果父子各持己见，谁也说服不了谁。哥哥情绪激动地哭起来，坚持说要去矿毒受灾地。但他最终没有去成，只能由祖母和母亲包了一些旧衣服连同点心寄往灾区。

这件事虽然就这么过去了，却让哥哥的心境产生了变化。他一直不懂父亲，但他也不再想去弄懂了，这意味着今后将会迎来一个悲哀的结局。

原本这世间，对儿子来说，父亲是一个谜，一个即使不屑理会也无法完全无视的谜。

然而父亲却说，如果被人知道了会对他很不利。这句话

---

1 发生在渡良濑川周边的日本历史上首次公害事件。炼铜厂所产生的废气及污水对周边生态环境造成了巨大损害。

带给哥哥不小的冲击。多年后他跟我讲述《娜拉》的故事情节时谈起了这件事。他说："之前我可能是个什么都不懂的孩子，可那时也十七八岁了，正是思想上有觉悟的时候，他完全不理解我的心情，说什么学生就该有个学生样儿，我当然会不屑一顾。"

十一

据说父亲与哥哥为矿毒事件发生争执时，祖父总是背靠着柱子坐在一旁，自始至终不说一句话。这让我不得不感到有些奇怪。因为 A 铜山的开采，起初就是由祖父向 F 提议共同着手的。

祖父年轻时作为二宫尊德[1]的弟子住在栃木县的今市，从那时起他就知道 A 铜山是座有开采潜力的、矿藏丰富的铜山。进入明治时代，祖父任职福岛县大参事[2]，如果不是机缘巧合，他一定不会想到要拿这座铜山做什么事。当旧藩主家家财散尽，实在走投无路时再三求助祖父，祖父最终辞去官职成了旧藩主家的家扶[3]。而要想拯救一个日益衰败的家族、使其重返昌盛，单靠普通行业是无济于事的。于是祖父的脑海里自

---

1 江户后期的农学家和思想家。
2 职位仅次于地方长官，相当于现在日本的副县长。
3 亲王家帮助管理财务的人。

然浮现出那座铜山。

F在一家叫井筒屋的店（可能是过去的札差店[1]）当掌柜，正巧那段时间店倒闭了，他每天无所事事。有一次祖父和他闲聊时提起A铜山，问他愿不愿意一起开采。那便是事情的开端。

因为F是倒闭的那家店的掌柜，所以名义上铜山是祖父的。当然，身无分文的祖父不得不说服藩主，让其出资。

采矿事业获得了成功。旧藩主和F家都有了丰厚的收入。渐渐地，旧藩士中有人站出来指责华族[2]不应当开采矿山，他们展开了排挤祖父的运动。

祖父认为一旦被迫退出难免会有风险，所以他当下就把矿山的所有权转让给了F。

开采矿山本来是为了帮助藩主家解决困难，虽然事业获得成功，祖父却没有得到任何好处，依然过着极度贫穷的生活。父亲那时在福泽谕吉[3]的私塾里念书，靠祖父当家扶的月薪实在不够开销，祖母就开了一家豆酱和酒类的店铺，还经营起从未尝试过的旅馆生意，生活终于得到了改善。

F对事情的经过非常了解，当他得到矿山的所有权后，

---

1 江户时代倒卖俸米，赚取差价的店铺。

2 1869年日本各地方诸侯版籍奉还之后，废除原来的公卿、大名等称呼，将其统称为华族。华族于1947年随着战后日本国宪法生效而被正式废除。

3 明治时代的启蒙思想家，应庆义塾的创建者。

拿出一千日元作为礼金给了祖父。那时的一千日元对一个穷困的家庭来说无疑是一笔巨款。从那之后，家里的生活多少变得宽裕了一些。

单从这件事上看，祖父的行为好像是一种受贿。即使不是受贿，看起来也像是他替 F 做事而获利，可只要对祖父有所了解，即便不听任何说明也会相信事情的本质并非如此。

哥哥对祖父的这些事一无所知。如果他知道的话，必定会更加反感，也会对父亲的话越发不快。因此他不知道反而是件好事。可父亲了解整件事情的来龙去脉，对于哥哥的行为，他首先是顾虑 F 的反应，这也不足为奇。但在这过程中，祖父却自始至终没说一句话。我不懂他在想什么。

具体如何我不知道，下面只是我的想象。开采铜山由祖父发起，铜山的矿毒导致了 W 河沿岸几乎所有的农民陷入绝望，毫无疑问祖父一定很关心此事。他作为二宫尊德这位农学家的弟子，即使事件与他无关也不会对农民所受的疾苦冷漠视之，更不用说是自己主动提议的事业造成了悲惨的局面。他的心里一定感到某种重压，苦不堪言。这时儿子与孙子突然又因此事发生了激烈争吵，他只能待在一旁保持沉默。

在这件事上，哥哥有他必须坚守的东西，父亲也同样如此，而祖父要考虑更多方面的问题。想一想祖父的心境，真有一股说不出的孤独与落寞。人老了，也许在不经意间就会尝到此种凄苦的滋味。

十二

祖父到了晚年渐渐亲近起佛教来，特别是禅宗。他常常念叨："要是能早点了解就好了。"

虽说祖父上了年纪，可他那认真学习的劲头着实令我惊讶。年迈的祖父每日约莫两三点醒来后，必定就着枕边座灯的亮光研读佛经直到天明。早上他必然要做的是习字，他以空海《风信帖》的原大照片版为范本练习书法。

他是个身材高大、神采奕奕的老人。在我的记忆中他有一双明亮的眼睛，沉静而有力。作为孙子的我从不曾见到他目露凶光，这使他给我留下了美好的印象。

只有一次我看见祖父哭了。那是日俄战争时，我们接到亲戚中一个年轻人在黑沟台战役中战死的消息。祖父一直以来都十分喜爱这位品性诚实的好青年。"他死得太可惜了。"祖父说着，泪水不住地从两颊上滑落下来。多年后我在那位青年家里，在从战地寄回来的他的军用行李中见到了祖父的一幅题字。那是青年出征前向祖父辞行时祖父写了赠予他的。

　　霸者民忻忻如。
　　王者民悠悠如。[1]

1　出自《孟子·尽心上》，原句为"霸者之民驩虞如也，王者之民皞皞如也"。

我觉得祖父为青年选的这两句话很有意思。它是说做部下的不要欣喜若狂，而要泰然自若。祖父给予青年的上述忠告是基于对他品性的充分了解。这也正是作为一家之长的祖父的态度。整个家因为他充满了安逸舒适的气氛。

　　祖父死后，我们对他的怀念之情日益加深，原因之一就是父亲成了新的一家之主，他的怪异性格造成了家人对他的畏惧。

　　　积金以遗子孙，子孙未必能守。

　　　积书以遗子孙，子孙未必能读。

　　　不如积阴德于冥冥之中，以为子孙长久之计。[1]

　　也不知道这是谁题的字，祖父常年将它挂在自己卧室的壁龛里。这样的字句旅馆的纸隔扇上都很常见，但我却能够理解祖父喜爱它的心情。越是常见的字句，喜爱它的人就越朴实无华。精妙的警世格言，无论谁说都能够影响人们的言行，但那些大家熟知的字句，却没有几个人能阐述得如初次听到时那样新鲜而充实。或许是出于孙子的偏袒之心，在我看来祖父身上不时会有这种闪光之处。

　　"积金者，父也；积书者，我也。"有一次，哥哥看到那

_____

1　出自司马光的家训。

幅挂轴笑着说道。因为不久前，哥哥说想买一套约五十日元的剑桥版《莎士比亚》，和父亲发生了争执。

那幅挂轴在祖父去世后不久就不见了踪影，无疑是父亲送给什么人了。

十三

值得庆幸的是祖父健在时，父亲和哥哥之间没有发生过严重的冲突。但祖父一死，两人的关系就因为一些无聊的小事破裂了。

事情发生在祖父八十岁过世的那年夏天。哥哥就要成为一名大学生了，他到父亲常去的洋装店定做校服。那是一家价格昂贵的洋装店。哥哥不好意思花费太多，就没有选全毛呢绒而选了毛棉混纺布料。本来所有大学生穿的都是呢子校服，而哥哥定做的那套却显得厚实，颜色也多少有些不同，但他好像觉得这样看上去更时髦些。

果然不出所料，父亲得知哥哥在那家洋装店定做衣服后，不问情由便怒斥哥哥太奢华。起初哥哥不停地辩白说，学校的制服一般都是呢绒的，那家店虽然很贵，但自己选了毛棉混纺，比去一般店里做呢绒的反倒便宜。但父亲根本不听哥哥的解释。不管怎么说选择价格昂贵的洋装店，这种爱慕虚荣的思想就是恶劣的。事实上父亲自己也有疏漏之处。就在一个月前，他在同一家店给正在上小学的妹妹们定做了夏装。哥哥肯定很在意这件事，他认为虽然父亲多少会感到不快，但父亲自己行事在先，一定拉不下脸大发雷霆。不料父亲不容分说发了好大一通火。哥哥也很气愤，但他又不便将妹妹们的事说出口，只能沉默不语。这种时候父亲却毫不退让，一边做出一副对妹妹们的事完全不知的样子，一边还怒斥哥哥道："不管衣服做没做好，你都给我退了。"哥哥终于忍无可忍了。

他脸色铁青，全身发抖，看那样子就要一头向父亲撞去。如果两人发生肢体冲突就太可怕了，我立刻站到他俩中间，连拉带推把哥哥拽进了他的房间。

"恶意，肯定是恶意！"哥哥自言自语似的说道。

这次的冲突真是无聊。正如哥哥所说，那套制服算不上特别贵，即便是价格偏贵的布料也不过相差两三日元，最多四五日元的样子。但父亲考虑到这次若不严加管教，将来就难办了。他有他的理由。

这种时候，无法心平气和说话的性格使父亲暴跳如雷。他一旦生起气来，不觉间便忘了以理服人的初衷，只是向哥哥暴躁地发火，好像找到了出气的机会，连听解释的耐心都没有，不问青红皂白没完没了地加以斥责。事实上就如哥哥所说是"恶意"。父亲的那句"不管衣服做没做好，你都给我退了"在哥哥听来，意思就是："就当衣服钱白付了，你也不许在那家店做。"

最初以理服人的目的已经完全不知丢到哪里去了，留下的只有无法挽回的损失。真是太愚蠢了。

过了一周还是十天后，父亲叫哥哥和他一起去看看他在北方某地新买的农场。祖母、母亲和我都很高兴。哥哥也很高兴。因为在那之前，他正为自己在父亲面前粗野的表现后悔不已，对父亲的邀请，他打心眼里感到欢喜。

二人出发的那天，我把他们送到上野站。令我感到吃惊的是，父亲和哥哥虽同乘一趟列车却坐不同的车厢。父亲自己坐一等车厢，让哥哥坐二等车厢。

他心里一定也想着要是能够真心爱哥哥该有多好。可一旦两人面对面，就会感到一种远谈不上爱的情感在彼此之间徘徊。这导致了他们虽同乘一列车却各自分开而坐的荒唐事。

十四

自那次冲突约莫过了一年，父子俩相安无事。然而又过了一年的夏天，哥哥突然提出要和家里的一个女佣结婚，父子俩又发生了一场激战。

我暂且不谈这场冲突，而想写写冲突中偶然发生的一个插曲。哥哥在不经意间流露出了一股连他自己都始料未及的对父亲的温情。

就在哥哥为了和女佣结婚正闹着要搬出去住时，父亲也有他自己头痛的事。自创立以来一直苦心经营的铁路公司被收归国有，他不仅要忙于公司的交接手续以及财务清算等事宜，还要处理奖金分配不公的问题。稍早前，N 铁路公司也陷入了同样的境况，最后董事们把到手的奖金又都交了出来，这才解决了问题。车站员还有其他劳工们想让父亲他们也采取同样的办法，那时正是闹个不停的时候。

据报纸上说，父亲公司数名董事所得的奖金比近千名车站员及其他劳工拿到的总和还多。

家里人都把这些抱怨不公平的人当作暴徒，只有哥哥站出来说是董事们的做法不对。

"优秀的股东们一同决定的事，不可能不公平啊。"母亲脸上稍带不快的表情对哥哥说。

"可 N 铁路公司也是一样，正是那些优秀的股东们凑在一起决定的事并不公平，直到他们把钱吐出来矛盾才得到解决。"哥哥说道。

纠纷持续了好一阵子。一天晚上我们得到通知，这批人组织的集会解散之后，会有大量的劳工涌向我家。警署派了几位巡警过来，我们也把门窗关好，严阵以待。

不久二三十个人叽叽喳喳一面闲聊一面向这边走来。

他们就是那伙人。原本以为会来更多情绪激昂的劳工，这点声势着实叫我们感到意外，虽说浪费了万全的准备，但我们都安下心来。

在巡警的调解下，他们选了一位代表进门与父亲见面。代表是某车站的副站长，一个身强体壮的男子。父亲和那个男子在门口外见了面。父亲照例很快就发起了脾气，男子也不甘示弱，大声向父亲反驳起来。

那时最担心父亲的人是哥哥。两人刚开始谈判哥哥就蹲在隔扇的后面，全身激动得直打哆嗦。我也站在那里，不知哥哥为何那样担心。总之他一副异常担忧的样子。事实上什么事也没有发生。我感觉男子对父亲哪怕稍微动下手指头，哥哥都会抢在那之前冲上去教训他一顿。

"我们只想看看奖金的分配表。如果没有不公平的地方，给我们看一下也没什么大不了的吧。"那人说道。但父亲拒绝了他的要求。结果谈判不了了之，男子被巡警带出了大门。

对哥哥那时的表现，我虽然觉得很不可思议，但心里很开心。当时哥哥正因为自己的事情对父亲感到异常厌恶，却也因一种全然不同的情感，从内心深处担心父亲的安全。说到底，这种骨肉亲情是一种无法解释的本能。我为他们高兴。

十五

最终大多数人放弃了对奖金分配的追究。但作为代表前来谈判的那位男子从众人那里收取了活动经费,却没把事情交代清楚,遭到了他们的责难。他丢了工作,生活上陷入困境,变得自暴自弃,常常手拿一根粗棍之类的东西在我家门前监视父亲的出入。

几个年幼的妹妹都非常害怕那个人。

我家院子还算宽敞,但因为父亲十分珍视院子,总唠唠叨叨地嘱咐大家要小心爱护,所以平日里妹妹们更喜欢在大门附近玩耍。这下子她们的地盘被抢走了。

"哥哥,哥哥,那个人好吓人哪。"妹妹们向哥哥诉苦,于是他看着我说:"芳三,你去跟那人说一下。"

"哥哥和我一起去我就去。"我这么一说,哥哥便道:"用不着两个人去。"

"哥哥你一个人去就行了,芳三哥靠不住的。"

哥哥只好自己去,他把那个男子领进门里来对他说道:"如果要谈公司的事,请你去公司说。这样守在我们家门口,小孩子们害怕都不敢出来玩了。公司的问题找我父亲就好,可不关她们的事。"

"这事你管不着。如果我闯进你们家里你可以指责我,我站在大马路上,你没理由说我。"

"你说什么？"哥哥发起火来，"还讲不讲道理了？"

"什么道理？"

"你拿根棍子想干什么？想加害我父亲吗？你要是乱来，我就对你不客气！"

"你胡说什么呢！你吓不倒我。我做的事既有原则也有道理。你们这些大少爷懂什么？给我待一边儿去。"

"既然是来讲道理的，为什么不把它作为一个公共问题去争取权利？不该像这样拿着棍棒守在人家大门口。我没有说你来讲理是错误的，而是你跑到家门口监视的行为不对，对无辜的小孩子造成了伤害。有问题以公共方式解决我是赞成的。为什么不这么做呢？"

"没有资金啊。"男子苦笑道。

"资金？"

"也没有能力。"那个男子似乎感觉到哥哥并不一定就是敌人，他表现出了温和的一面。

"资金和能力有那么重要吗？"

"很重要。"

"就算重要，你自己没有也没关系吧。你去找个人商量一下呢？"

"找谁呢？"

"社会主义者就不错。可以到 S·K 或 K·S 那儿请教一下。"

"社会主义者吗？"

"其他人也可以。不过找他们能最快解决问题吧。"

"是吗？"那个男子不自觉地摇了摇头。他从袖兜里掏出卷烟，一边点火一边说道："我将这次的事情从头到尾跟你讲一遍吧。"

"不用了。"哥哥立即拒绝了他的要求。

"为什么？"男子仰起头凝视着哥哥。

"大致的情况我都了解。听多了就会对你们产生同情，这让我很为难。"

"有什么好为难的……"男子一脸的不解。

"同情你们却帮不上什么忙，倒是给自己惹来一大堆不愉快的事。"

"你说的是什么意思？"

"不要再说了。你要改变自己的态度，不要指望我帮你解决什么，把它作为公共问题让社会去解决吧。尽量以平和的心态。"

"可不像你说的那么简单。"

十六

男子接下去说的事之前我也提到过了。他作为代表从众人那里领取活动经费，可事情进行得不如想象中顺利，别说活动经费，现在他连生活费也不够。五天之内要是再找不到解决办法，他就要和老婆孩子从现在住着的深川[1]的简陋客栈搬出去。

"那真是不好办呀。我们一起出去走走吧，边走边聊。"哥哥说完回房间戴了顶帽子走了出来。

下面的事是我后来听说的。

哥哥给了男子如下建议：如果饭都吃不饱了，那么无论做的事多么正当，也会变得自暴自弃，从而遭人误解。但确实也容易变得不纯粹。因此首先要尽可能使自己不陷入窘迫的生活，让问题得到正确的解决。

男子说只要有十日元就可以维持半个月的生活，哥哥便把身上仅有的十日元金币给了他。（黄金等价制度实行时，父亲把金币样品送给了祖母，祖母又马上给了哥哥。哥哥说不便于使用，就用纸将它包好放进抽屉里。这天出门前哥哥想起这事便从抽屉里取出来带在了身上。）

哥哥告诉男子自己可以负担他们全家的生活费，直到他找到解决办法为止。男子很高兴，答谢了哥哥之后就回去了。

可要承担那么大的责任，对于哥哥来说是有点勉强的。他自己没有一分钱的收入，零花钱都是按定额向家里领取。每月他还要省下一部分作为学费寄给在乡下某个小镇的裁缝学校上学的女佣。那男子一家三口即便生活在简陋客栈里，

身为学生的哥哥要负担他们的生活实在是不可能办到的事。首先，将从父亲那儿得到的钱偷偷花在与父亲针锋相对的人身上，这样的行为他自己也越想越反感。再说，那个男子有强壮的身体，为了某个目的而完全放弃工作让老婆孩子吃不饱饭，这也是说不过去的。

晚上，哥哥把上述想法写在信里寄给了男子。末了还加上一句：过去为了一个正确的目标，使妻儿挨饿甚至牺牲自己的生命都值得肯定，但如今这一切都是不可原谅的。

写这封信时哥哥并没有良心不安。拒绝的理由写得清楚明白，他自己读了都很满意。没想到信寄出后他却突然郁郁寡欢起来。

答应了对方的事又摆出各种理由拒绝，这就是自身软弱的表现。如果要考虑事情的是非曲直，也必须是在给予承诺之前，一旦承诺了就不必再考虑对错，那是对承诺不负责任的表现。多么软弱而不知羞耻啊。哥哥轻视这样的自己。他又想到和千代（那个他想结婚的女佣）之间的事也是如此。他总是下定决心要坚持到底，但又被懦弱的心灵支配而遭受失败，这样下去最终有可能一事无成……

但就在哥哥思考这些时，事情竟意外地迎来了好的结果。大约十天之后，那个男子给哥哥来信表达谢意。信里说他和公司总经理的交涉非常顺利，一切正向好的方向发展，请哥哥放心。还说是哥哥说的不能使妻儿挨饿的话点醒了他。

复杂棘手的交涉为什么那么快就解决了？具体原因没有人知道。但不可否认的是，哥哥对事情的介入多少改变了那个男子一味反抗的态度。他不再守着父亲而是去了总经理那边，从结果来说是哥哥引导他去的。这样一来父亲也觉得不好办，只能有所行动。父亲对此只字未提。我猜父亲也觉得哥哥并无恶意。

十七

我跟随回忆想到哪儿写到哪儿，也许读者会难以厘清这些事的时间顺序。因此我将至今为止有关哥哥的事按照大致的年代顺序简单重复一遍。

三岁，到东京，寄养于祖父母膝下。

九岁，生母死去。我母亲嫁进门。

十三岁，上初中。

十八岁，因矿毒事件和父亲发生激烈冲突。

十九岁，上高中。

二十二岁，上大学。这年正月祖父去世。夏天因校服的事和父亲发生冲突。

二十三岁，夏天，和女佣的事在家中引起骚动。秋天，和来抗议奖金分配不公的男子交涉。

二十四岁，从大学退学。这年意外地没有发生任何冲突。

二十五岁，短篇集出版。为独自谋生等原因去小豆岛。

故事讲得有些杂乱无章，说起哥哥在小豆岛的生活也不是他起初想象的那般美好。首先没有朋友这件事对他来说是无法忍受的。住在那儿大概半年的时间里，他都没有尽情欢笑过，也没有大声呼喊过。

那时哥哥住在一个三间联排房最靠边的一间屋子里。屋里就两个房间，一个六叠大一个三叠大。隔着一面墙壁，邻家住着一对退休老人，约莫七十岁的老爷爷和六十岁的老奶奶。老爷爷已经退休，又在一家轮船公司做起了检票员。这对老夫妇对哥哥关怀备至。

哥哥打算在那里完成他早在构思的长篇小说。如果能写成，可以赚得一年到一年半的生活费。他是一个喜欢在夜里用功的人，兴奋时有来回踱步的习惯。在那狭小的房间里也是如此。但由于一部分地板托梁与邻家相连，哥哥在房里胡乱走动就会使隔壁老夫妇床下的地板也发出咯吱咯吱的响声。这必定会对睡眠浅的老年人造成极大滋扰。（后来哥哥对我说，两位老人的脸上从来没有流露出对他不满的神色，他很感激。）

深夜两三点时，极度的静谧反而会产生一种声音在耳朵里喧闹，这时写累了的哥哥会放下笔，点一支烟，心不在焉地抽起来。有时他会突然听到一个老人自言自语大声说话的声音，那声音厚重而沙哑，"天还没亮呢"，从睡梦中醒来的老爷爷正在等待黎明的到来。哥哥不由莞尔。

远离村庄的寿司店的老板从前是个唱义太夫调[1]的艺人，现在工作之余也在教人唱。听说哥哥做了他的弟子。那时哥哥因为没有开口说话的机会，渐渐变得阴郁起来，他决定学义太夫调，也是想扯开嗓子说话。他第一次去上课时买了三十张连票，当天用了一张，但只去了那一次就放弃了。因为去了才发现自己终究没有那个心思放声大叫。

他十月去的小豆岛，第二年三月末就骨瘦如柴地回家了。因为还打算回去，行李便搁在了那边。见到哥哥那惨不忍睹的憔悴模样，我不想再让他走。大家一起将他留了下来。

哥哥的长篇小说最终没有写完，他所谓的独立生活也随之结束了。

十八

从小豆岛归来的哥哥弱不胜衣，但在和几个好友每日来往之中竟很快恢复了。本来他孱弱的身体也是因心情所致。

六月，他精神很好，和两三位友人一起去了赤城山。他旅途中寄来的信里描写了青翠的树木与娇艳的山杜鹃。过了十天左右，我们惊闻哥哥受了重伤，我立即同母亲一起出发

1　净琉璃的流派之一，在以三味线伴奏的传统说唱音乐中融入了人偶戏。

赶去前桥那边的医院。

到了医院见到哥哥，出乎我们意料的是他完全没有我们担心的那么糟糕，至少看上去精神特别好。

哥哥的两个朋友正陪在他身边。据他们说，哥哥情况很差，直到前一天才好转，因为脑震荡言行举止变得有些奇怪。他担心祖母受到惊吓，叮嘱朋友把受伤一事尽量说得轻一些。此外，他还彻夜反复问身边的人自己最近是不是去了小豆岛，是为什么去的，等等。

"你祖母的事不用太担心。"朋友告诉他。

"这样啊。"他似乎听懂了，可不到一分钟又问道，"我是不是去小豆岛了？我做什么去了？"

"你去专心写作了，为了写长篇小说……"

"是什么长篇小说呢？"

"有关你自己的。"

这么一说哥哥好像明白了，接着他又说起祖母的事来。祖母的事说完，他又问小豆岛的事。没完没了。

哥哥的朋友们如此向我们描述道。他们看上去有点束手无策，也实在有些不耐烦了。

有一次哥哥还问："我的伤到底严不严重？还有救吗？医生怎么说的？快告诉我实话。"

"当然不用担心，医生保证你没事。"听了这话，哥哥又异常快活起来，结果兴奋得彻夜未眠。

至于受伤时的具体情形，我听了都觉得后怕。说是他们一伙人到一个叫什么泽的清溪汇聚的山涧远足。一路上找寻叫水菜的野草、小太郎这种树的芽（其实就是楤木的花穗）还有蘑菇等。他们到了目的地，打算搬来溪流里的石头垒成灶台，架上锅，把罐头里的牛肉和蔬菜一起煮。大伙分工合作，有负责垒灶台的，有把葡萄酒、水果等拿到溪流中冰镇的，有清洗餐具的，有捡柴火的，还有布置餐桌的，等等。

哥哥负责捡柴火。但山谷中落下的枯枝尽是些黑色的朽木，要不然就是湿漉漉的，无法生火做饭。哥哥想捡些更干爽的树枝，但伙伴们都在边说笑边准备，他没有心思一个人去山谷外找，就爬上一棵棵高高的、树冠遮蔽了山谷的大树，找出了很多枯枝折断投到地上。

"危险啊！"有人说。

"没事！"树上传来他的回应。

十九

"看哪，有鸟巢！"哥哥从一棵根基壮实的大树上向大伙儿喊道。一只前胸长着深褐色羽毛的鸟儿灵敏地从一根树枝飞向另一根树枝，不断地发出焦灼的鸣叫。

"它担心自己的孩子被抢走呢。"哥哥站在枝干上朝下说道。接着又朝鸟儿的方向望去，说道："别担心，我不会抢走你孩子的。"

树干与枯朽的枝丫相连处形成了一个深约五寸的腐烂的空洞,鸟巢就在那里边。有几只还没有长出羽毛的淡红色雏鸟,不安地相互偎依着。

哥哥还不罢休,仍探头向里边瞅,母鸟发疯似的飞到他头顶的枝干上发出哀鸣。

"你要是担心我就不看啦。"说着哥哥不再盯着鸟巢,攀上树干去折上边的枯枝。忽然他惊呼一声,慌忙爬下树来。

"怎么啦?"

"有蛇,蛇!"哥哥边说边快速地下来。大伙儿对他说:"危险啊,小心!"几乎同时哥哥脚底一滑,攥在手里的枯枝都忘了扔掉,就那样仰身摔了下来。

后来听哥哥说,一条大约两米长的紫蛇瞄准了鸟巢里的雏鸟,他刚要向上攀登时,紫蛇在他眼前发出"呼"的一声,立起镰刀形的脖颈。我从来没有听说过什么紫色的蛇,也不知道蛇居然会发出"呼"的声音。

哥哥从五六米的高处仰面跌落到石头堆里。大伙儿吓得赶忙聚拢过去。

"我没事。"哥哥说着站起身。但马上又面朝下倒在地上,昏厥了过去。

哥哥是仰面从树上跌落下来的,可头部的伤基本都在头顶,血从那儿流出来,看了叫人心惊胆战。朋友中有一人解下腰带，将他的伤口紧紧缠好，血很快止住了。单从伤势来说，后背所受的撞伤比头部更严重。

一个朋友抱起神志不清的哥哥，大伙儿开始商量下一步该怎么办，是回旅馆叫医生还是直接去前桥的医院。面色苍白的哥哥闭着眼睛说："送我去医院吧。"

"能挺得住吗？"

"能。"

"那就这么办吧。"山道上没有人力车和马车，从这儿到医院来回要五十多公里，等医生来不知道要等多久。

大伙儿从较近的沼尻客栈借来门板和褥子，让哥哥趴在上面，把他抬到了四公里外的箕轮，在箕轮雇了四五个壮工，由两个朋友陪在左右，终于在夜里到达了前桥的医院。

二十

哥哥的伤住院治疗了二十天。

"头上的伤已经完全好了，背上的还需要多加小心。应该不至于导致脊椎骨疡，那样的话就很危险了。两三年里不出现症状就不用担心。"出院时，外科主任医师说道。

哥哥回到了东京。之后的大半个月里，他往返于某家外科医院，接受身体局部的蒸气浴治疗。为了好好休养，治疗一结束，他又去了汤河原[1]的温泉。

哥哥在前桥的医院住院时，家里人轮流去看望他。姐姐正巧怀有身孕不便坐火车就没去。其他人接二连三地赶去，但祖母和父亲最终也没去过一次。

父亲没去主要是因为工作太忙，但他心里别扭不愿意去也是事实。哥哥的伤要是危及生命另当别论，但如果不是，特意从东京赶到前桥去在父亲看来是某种让步或者伪善。他拘泥于此，很难迈出步子。如果他能真诚一些，更自然地对待哥哥，那哥哥该有多开心啊。父亲去看他恐怕会比谁去都让他高兴吧。父亲不懂哥哥的心思，自己心里想去又不愿迈出这步。可他也无法一直保持冷漠，亲自带了礼物上门去感谢那些照顾哥哥的朋友们。

在我看来，父亲不如把送礼的事交给我，自己抽出时间去一趟前桥，一切该有多完美。可这对他来说太强人所难了。正如哥哥出发去小豆岛那天，无论如何也不愿与父亲道别一样，父亲也是心里在意着哥哥却无法主动去看他。两个人性格都是如此，有着相同的毛病。

要说最担心哥哥伤势的人当数祖母了。她甚至有点承受不住。她每天早上都叫母亲或女佣给前桥的医院打电话询问哥哥的情况，自己却始终没有迈出家门。她那时身体还算健朗，

1　位于神奈川县。

只要想出门随时可以，可她却没说要去看哥哥。因为她害怕见到哥哥受伤的模样，怕自己承受不了。

据说戊辰战争¹中，父亲参加的军队遭到歼灭，当时父亲才十六岁。祖母听到这个消息第一时间想到的是"战死怕是免不了了，只求不要死得太难看"。然而四十多年过去，上了年纪的祖母身心衰弱，承受不了孙子重伤的打击。

祖母比谁都担心哥哥，正因为担心才不忍去看望。我觉得她实在可怜极了。

二十一

哥哥背上有两处受伤的皮肤组织变成淡黑的痂子，但没想到很快就恢复了。

哥哥说："从电车上跳下来时，背上会扭扯着疼，平时已经没什么感觉了。倒是头上，医生说是痊愈了，伤口可能已经愈合，但健忘得厉害，真让人受不了。"

听说大量出血会导致神经衰弱，哥哥也有点这个症状。

过了半年多，不知什么时候起家里着手给哥哥找媳妇了。

"昨天 T 先生的夫人拿来了这张照片……"说着母亲递给哥哥一张六寸的和另一张更大一点的照片。

---

1 日本发生于 1868 年 1 月至次年的官军和旧幕府军之间的战争的总称。

哥哥对着那张六寸照片端详良久，默然地递给坐在一旁的我。照片里的女孩模样没什么特别，圆圆的脸蛋，小小的鼻子，看起来敦厚善良。

哥哥又看看那张较大的全家福。

"这是她母亲。"母亲探过头来指着照片里的人说道。

"嗯，长得真像。她老了以后就变成这个样子呢。真得好好想想。"哥哥说道。母亲笑了，接着问道："和之前的女孩比呢？"

"自然是之前的好。尤其那个妹妹，比这不知强多少倍。"

"那个妹妹可不行。听说还在上学，而且打扮得太花哨，好像说想嫁个外交官呢。"

哥哥又把那张全家福递给了我，然后对母亲说道："她毕业以后说不定会改变主意呢。"

母亲还不放弃，又拿起我搁在一边的六寸照片仔细瞧看起来，随后说："真的不合你意吗？看起来很温顺，应该是个不错的女孩，内向、顾家。"

"我不是个以家为重的人，找个贤惠的老婆也不错……"

"是吧？奶奶也说这个女孩很合适呢。"

"是不错，就是太平凡无奇了。"

"温顺的姑娘多半都是这样的呀。等你再成熟一些就知道了，普普通通也别有一番滋味。咱们家要是再普通一点才好呢。"母亲说着笑起来，"不过相亲这种事，说不准什么地方就中意了，哪儿又不中意了，那真是缘分啊，旁人再怎么劝也毫无意义。"

"T先生夫人的话能相信吗？她上次还拿来一个姑娘五六年前的照片，不知道该怪对方还是怪她，总之太过分了。"

"说的是啊。"两人都笑了。据说五六年前的妇女杂志上刊登过一模一样的照片。

但有一件事我很在意，哥哥曾被告知两三年内要谨防患上脊椎骨疡，他现在结婚合适吗？要是脊椎痊愈之前感染结核菌就会发展成脊椎骨疡，听说那种病十之七八会是不治之症。哥哥好似忘了这档子事，毫不介意地谈婚论嫁起来。我不明白他是对自己的身体盲目乐观还是在耍花招，感到有些不快。他好像非常了解这个病的危险性却又坚信自己一定不会染上。

二十二

只看了照片哥哥是不会积极行动起来的，他只是含含糊糊地答应着。

那期间哥哥的挚友得知他有结婚的打算，写信来询问他是否有意迎娶自己的表妹。那个女孩和哥哥见过两次。

哥哥一直对那个女孩怀有某种程度的好感。她的境遇尤为可怜。结婚才一两年丈夫就死了，她带着儿子住在婆家，照顾着中风的公公，这样度过了两三年的岁月。

哥哥打算要是家里不强烈反对就和这个女孩结婚，但他不想为了结婚和父亲发生激烈的冲突。无论如何，在答复朋友之前他决定先和家里商量好。他首先将这件事告诉了祖母和母亲。她们介意女方是再婚。原本哥哥将自己过去的恋爱经历置于一边，也暗自对此有些介怀。可听她们这么一说，反倒回应道："这件事上也不能光说对方。"自己也不再将其看成问题了。

祖母和母亲都没有太反对。第二天母亲把这件事转告给父亲，父亲当场说不同意。

按说对方是公卿华族出身，门第上没有什么不足，那么一定是资产数额与父亲暗自定下的几十万家产的条件还有些差距。所以遭到了父亲的反对。

哥哥下定决心不生气，可还是事与愿违。自己的命运被如此荒谬的理由左右，使他感到格外愤怒。但他没有在父亲面前表现出来，这是相当罕见的事。首先是因为哥哥并没有和那个女孩直接交谈过。他虽然对她有印象，但对方可能连和哥哥见过面的事都忘了。其次我想哥哥感到即使这件事最终不了了之也无所谓，因为它还只是一个过于淡薄的说不上开始的开始，不断前行的命运不至于因此改变方向。但被人否定的感觉刺激着他不断压抑的怒火。

父亲本来以为哥哥会来和自己理论，见他一反往常的样子或许很高兴吧。父亲突然说晚上要带全家一起去山王台的京都料理店，并立即叫人打电话通知店里人数。

但哥哥很快就一个人出门了。

晚上在店里，"芳行怎么没有来？"父亲露出扫兴的神色问道。

对哥哥来说，避免在父亲面前发火已经是他能做的最大努力了，这种时候他不可能平心静气地与父亲共进晚餐，但不发火不代表没有生气。

晚上哥哥很晚才回家，给友人写了一封回绝信。

二十三

这件事过去后不久，长期去欧洲做生意的亲戚 H 回来了。他了解了我们家里的诸多事情后，立刻说了如下一番话："这都是因为双方没有好好沟通。把事情搁在一边就会生出解决办法吗？从我这个第三者来看，伯父说的话，作为他那个年代的人来说，不能认为是粗暴蛮横的。行少爷呢，也不是个是非不分的人。我来做个调停人，一定帮你们把这件事解决好，找一个让行少爷和伯父都满意的好媳妇。结了婚就马上搬出去住。儿子老大不小还和父亲一起住，自然会发生冲突。就请奶奶和伯母把这件事交给我吧。一定给行少爷找个好媳妇。"

H 因留洋归来总有一种特别的优越感，见我们一家人优柔寡断，迟迟解决不了相互的矛盾，他感到十分焦急，因此有了"我来帮你们解决"的念头。

看来他对哥哥也说了同样的话。之后哥哥对母亲说："H先生的态度就好像把我们的事当作处理工作似的，真让人受不了。"

"难得他说得那么恳切，又是个见多识广的人，一定能帮你找到好媳妇的。"

四五天过后，一天晚上很晚的时候，H显得非常兴奋地来到我家。

"我有个特别好的消息，可我想明天慢慢同你们说。今天我就住这儿，有些累了，让我先睡觉吧。"所谓的好消息到底是什么呢？他似乎有意不说就早早地休息了。

我预感哥哥不会吃他这一套，他那玩弄小聪明的伎俩一眼就能被识破，一想到他的行为在哥哥眼里如何拙劣可笑，我都为他捏把冷汗。

第二天一大早，女佣还没打扫完客厅时，一位青年来找H。他就是H想要做媒的女孩的哥哥。H和那个人在客厅聊了起来。早餐前，我们来到祖母的房间喝茶。一会儿H也来了，总算说起昨晚的事。

据他所说，刚刚来访的青年名叫U，是法律系的大学毕业生，高中也是在第○高中念的。因为比H低了几届，所以在校时并不认识。他俩昨天在第○高中的校友会上相识，正好回家同路便结伴而行。一路上聊了很多话题，也谈到了U的妹妹。H急忙询问了很多相关情况，对方究其缘由，H就说起哥哥的事，U竟然说对哥哥很了解，还说"读一个人写的小说，就能大概知道其人如何"。

两人都莫名兴奋起来，一起走了好长一段路。H说，他把我们家的事讲给对方听，也从对方那儿打听了不少情况，双方都觉得很有缘分。U的妹妹从学习院女子科毕业后在双叶会学习法语和英语。单就语言来说，女孩绝对比她哥哥强。

哥哥明显表现出不高兴的样子。自己结婚的事被人一步步安排，对他来说好似承受着某种侮辱。一个偶然于前一天晚上遇到的青年，H竟然要把对方见都没见过的妹妹介绍给自己，一大早又什么招呼都不打就将那位青年叫了来……

二十四

"这样拖下去可不行。U问明天在他上班之前——他在内务省上班——你能否和他见一面。怎么样，行少爷？你去见一下吧？"H对哥哥说道。

"我不去。"哥哥毫不客气地回答。

"为什么？"

"不为什么，我实在受不了。你只听了他说的就很喜欢，我满不满意可不一定。"

"嗯，这也没错。但别这么较真嘛，放轻松点，总之先去见一面吧。U很喜欢读你的小说，就当是和一位读者见面，不行吗？"

哥哥听到这样一些人谈论自己的小说，神经质地感到厌恶。他更加焦躁起来，急不可耐地打断H："今天就不见了。以后有机会再说吧。就这样。"

这时我十六岁的妹妹丰子忽然跑到檐廊，将一张照片递给H，问道："这是U家小姐吧？"H看了一会儿说道："嗯，眼睛有点像U。"一直没有说话的母亲伸手从H那里接过照片。

"念小学时，U同学比我高几届。大家谈起U家小姐的事，我想指不定就是那个U同学，就把这照片找出来了。"丰子一边说一边得意地扫了大家一眼。

照片从哥哥传给祖母，又传给我，再传回母亲。这是一张手掌大小的全身照。照片里是个大约十六岁的女孩，微肿的眼睛，多少感觉有些丑陋。更让观者不快的是她表露出来的一种怪异的迟钝感。

"你为什么有这个照片？"母亲问。

"是次郎上次拿来的。他不是拿来许多东西吗？我从那里面看到的。"

"这样啊。"母亲点点头。

亲戚中有一位立志开照相馆的青年，从乡下来到东京，进了某大型照相馆做学徒。有一天他将大量冲洗失败的照片拿来给妹妹们当成玩具。这张照片就是这样得来的。

"那真是没办法。我还是走吧。"H显得很灰心，起身向客厅走去。

哥哥苦笑着又拿起照片说道："我还想让他再看一眼呢，然后问他，要是你会怎样？"

"难得H先生热心地帮助我们，像你这样毫不客气，看得我真是胆战心惊。"母亲说道。

哥哥边笑边把照片拿到母亲眼前问道："要是这个女孩，您会怎么看呢？"

母亲微微笑着回答："这个嘛，我觉得是不怎么样。"

"哦？您认为不怎么样啊。"哥哥挖苦似的笑道。

二十五

大约过了三天，晚上H伴着快活的笑声走进门来。他突然用手拍了一下坐在那里的丰子的头："喂喂，可不要开玩笑啊。"说着揉了揉她的头。

原来丰子所说的U同学的照片根本不是U家小姐，虽说那稍稍发肿的眼皮多少有些相似，却完全是另一个人。H当日在U的家里见到了那位小姐，这其中的误会使他忍不住笑了出来。

H拿来了U家小姐的一张六寸的、从头部到膝盖的照片。

女孩身穿当时流行的鹿子碎花纹宽袖和服坐在椅子上，那脸蛋与丰子所说的 U 同学倒也有几分相似，但神采奕奕、聪明伶俐的模样却与那照片上颇为迟钝的印象相差甚远。

"怎么样，丰子？你也来瞧瞧。"H 说着把照片递给丰子。丰子顶着一张微红别扭的面孔，看了照片后立即还给他，生气似的回了一句："这就是 U 同学啊。"

"你还说呢，多亏了你，差点闹出个大笑话。"H 说道。

丰子毫不示弱地说："我那张照片上的跟她很像啊，她在学校时就是那个样子呀。"

"行少爷呢？"H 问。

"中午的时候出去了，还没有回来。"母亲答道。

"这次我会尽量尊重行少爷的意愿，伯母您也帮着劝劝，请他好好考虑考虑，如果想进一步了解就再好不过了。"

"明白了。"

"这个女孩不错吧？伯母，您怎么看？"

大家正说着这件事的当儿，哥哥回来了。H 立即把那张照片拿给哥哥看。

哥哥端详了一会儿，比平日更加坦率地表达了兴致。

"哎呀，那真是太好了。白天我去见了那个女孩，我觉得她很不错，做您的妻子绝不会失了体面。"

"说的是啊，是个出色的人儿呢。"母亲接着转向妹妹，责备她道，"哎，丰子，怎么和别的女孩子弄错了呢？这么冒失可不行。"

妹妹满脸通红，眼睛直直盯着母亲，忽然露出奇怪的表情，"哇"的一声趴在榻榻米上放声大哭起来。

"真是个傻孩子。"母亲说道。

"别哭了，丰子。"哥哥怜惜起妹妹来，"的确是很像。不要哭了，乖，别哭了。"

丰子的哭声总停不下来。我觉得有点烦了，对母亲说："快把她带下去吧。"母亲硬将妹妹从地上拉起来，领到别的房间去了。

等 H 走后，哥哥对我说："真是一出不错的喜剧。"

如果这件事顺利进行下去，一如哥哥所说，将成为一出有意思的喜剧。哥哥与那个女孩结婚，生下可爱的孩子，一家三口过上幸福的生活。某天哥哥突然回忆起当初的这场误会，他以温柔的情感回想这毫无恶意的命运，然后将它创作成一个短小出色的喜剧。

这些是很有可能发生的。命运里一个小小的玩笑引起一时的纠葛，混乱之中事情忽然变得明朗起来，最后皆大欢喜。大家都笑了，忘却了恶意，忘却了一切。在这喜庆之中，只有被当作命运的道具的妹妹独自一人大声哭泣。幕落。

这是我希望哥哥着笔写作的喜剧，他也一定能写出一部优秀的喜剧来，但哥哥最终没有写。因为事情到那时为止还是喜剧，但之后发生的事对我们来说却变成了悲剧。

父亲反对这桩婚事。

二十六

当初 H 作为父亲与哥哥的中间人曾说："伯父，请您相信我，把能放手的事交给我吧。"父亲回答说："我早就说过，女方的家庭由我来选，选好后愿不愿意娶由芳行自己决定。你要是懂我的意思，就交给你去办吧。"

"明白明白。如果将一个门不当户不对的女孩介绍给行少爷，作为亲戚，对我们也没有什么好处……"

H 自以为了然于胸。关于 U 家小姐的家世，她父亲是一位贸易商，在银座有一家店铺，哥哥是内务省受人尊敬的官员。对此，H 想当然地认为父亲不会有什么意见。

而父亲虽然嘴上说交给他办，但还是不放心。那天早上，他从 H 那儿听说此事后就立即借外出的机会，坐人力车到银座的那家店铺门前去看了看。没想到店面非常小，让父亲很失望。他回到公司，从熟悉内情的人那里打听来各种消息。

原来 U 的父亲最早并不是做贸易的，且最近生意上又遭遇失败，现已将住处转让他人，全家寄宿在郊外的一个小房子里。父亲听闻后感到无法接受。

但那天傍晚，父亲回家后还未来得及提及此事，就从母亲口中得知，哥哥不仅对这次的相亲不感兴趣，而且对 H 感到气愤，说他毫不负责任地给自己介绍了这么一个对象。父亲也表示赞同，但他们父子俩各自理解的"不负责任"意思却大有不同。父亲说了句"好吧"就放下心来。他觉得既然如此自己也没必要再去唱黑脸反对什么了，但正是这点招致了祸端。

U家小姐本人的照片拿来以后，之前的话题瞬即又被重新提起。众人都不认为一直保持沉默的父亲会反对。事情进展得很顺利。哥哥与对方的兄长见了面。H当然很热心，祖母和母亲也很高兴。这时候父亲突然提出反对意见。母亲和H竭尽全力加以劝说，可父亲无论如何也听不进去。到后来，H生气了，父亲也生气了。

结果这桩婚事谈崩了。在父亲看来，H当初嘴上说着"明白明白"可他一点也没明白自己的意思。H说："那为什么当初您看了店铺又听说对方家里住在出租屋时没有反对，偏等到事情有了进展才提出来，简直是欺负人。"父亲回道："我那时听说芳行不同意。"

喜剧的契机此时成了悲剧的源头。但要是父亲与哥哥的关系更加顺畅自然，事情未必会发展到这一步。不过父子关系固然是一个原因，哥哥自己也有严重的偏执。他不认为这样的结果仅仅由于误会而产生，他的脑子里时时闪现着"恶意，肯定是恶意"这样的想法。

实际上，喜剧的田地里撒下任何种子都会结出喜剧，而悲剧的田地无论落下什么都只会结出悲剧。

二十七

自己有意要成就的事突然遭到父亲的反对，哥哥无疑非常愤怒。照往常来说非得发生激烈的冲突不可。但这次哥哥很难得没有那样做。我想这是因为他对只在照片中见过的那个女孩还没有很深的感情。比起这个，最让他感到气愤的是，好不容易决心向前迈出一步时却被突然摁倒在地。但哥哥也并没有因此使父子关系走向破裂。

哥哥听人提起父亲说过"要选这个人还不如选O（哥哥朋友的表妹）呢"，便又想重提和O的事，但还是遭到了父亲的反对，父亲还称"我不可能说那样的话"。

这下哥哥真的被激怒了。

接下来的这封信是哥哥出走后不久，姐姐拿来给我看的，写的时候哥哥正在气头上。

姐姐是否痛切地感受过别人盼着自己死去？我认为在各种各样的罪恶中，没有比希望他人死去更令人作呕的了。这是脆弱的人才容易产生的念头。从被诅咒的人来看，没有比这更加恶心和愤怒的事了。一位叫镜花[1]的小说家在短篇小说《银杏妖》里写了这样的事：比起一心想杀死对方，不断诅咒对方早死更加残酷。我读这部小说是在增上寺院内，想来是十一二岁的时候。作为孩子我感到难以忍受，就记住了这个故事。

诅咒"去死吧"远比想杀死对方残忍得多。

祖母的肺气肿日益严重的那段时间，那个殡仪馆的老板让我异常惧怕。我总觉得那个男人像祖父去世时那样来到我家附近，整日在那儿等待着祖母的死去。

"快点死了吧。"即便做殡葬生意，也绝对不该有这样的愿望。对此，我心怀憎恶。

两天前，我去本所[2]的姨母（哥哥生母的姐姐）家，姨母对我说了这样的话："告诉你这些也许你会不开心，其实你父亲说过对你已经没有爱了，要是死就尽早死了为好。"

我从冰冷的脸颊上感知血色正迅即褪去，心灵受到了重击。姨母看着我的脸大惊失色。

"他虽这么说，但你们毕竟是有血缘关系的父子……"姨母脸上露出为难的表情，想搪塞过去。可一旦说出口

---

1 指泉镜花，近代浪漫主义文学的代表作家。
2 位于东京都墨田区。

就再也收不回去了。

姨母不小心说出这样的话，自己也大吃一惊。我非常能理解这点，但还是很气愤。这来自两方面，对父亲远远超出了气愤，对姨母我气她口无遮拦。即便是真的也用不着告诉我。事实上我知道父亲对我抱有这样的想法，我当然知道，但即便知道，从他人口中听到时会怎么样呢？即便心知肚明也无法忍受。

姨母说了出来是出于无知。她很可怜。那是她的过失。只有直率的人会立刻为自己的过失懊悔，从而唤起人们的怜悯之情。

但我还是极度愤怒，已经无法顾及她的情绪了。

"很好！"我的心中不觉涌起一股粗鲁暴虐的情感。

二十八

那时我脑海里浮现出前几年被征入伍以及去年摔伤时的情景。当时我对事情的认识只有三分之一，剩余部分并没有多想。现在却无意中明白了一切。

我想姐姐你是知道的，那时我对征兵极度恐惧，感觉那是间接被判处了死刑。这虽然有点夸张，但确实是事实。幸运的是，正如你所知，我在入伍第二周因健康问题被获准退役了。这喜悦可以说是在放弃了希望的那一刻得来的，它成了我未曾体验过的不可思议的东西。不去练兵一个人待在营房时，高大的中队长突然走进来对我说："你的预备役被免除了……"我低下头来沉默不语。中队长见我竟然没有很高兴，或许以为我是个冷漠的人。随后他走了出去。

姐姐你猜我等他走了以后是个什么样子？我走向营房白色的墙壁，一边将脸和身体胡乱地在墙上磨蹭一边挨着墙走动。没有欣喜，也没有呼喊万岁。我只是一副认真严肃的面孔顺着墙壁行走，将脸和身子在墙上磨蹭着。那无疑也是一种表情，但后来连我自己都感觉有些不可思议。

至今为止可能也有不少像我一样免除兵役的人，我绝对是其中最高兴的那个。其次最高兴的一定是在兵营里饱尝艰辛的人。其实我两周的兵营生活一点也不辛苦。大家都对我表现出善意，练兵时我也被当作病人看待，一直过得非常轻松。

我生来以思想为本而行事，这最终使我在情感深处成了一个反军国主义者。因此就算兵营里别人对我友善，我过得轻松，那里的一切也都让我感到不快。这是一种任性的、较为情绪化的反军国主义，但我坚信它反而是纯正的。

第二个星期，我回到了家。

祖母格外高兴。从我定下来入伍的那天起，她每日听着附近兵营熄灯和起床的军号声都感到无言的凄凉，而这种感觉随着我入伍日期的渐渐临近而加深。我回到了祖母身边。她对着平日里信奉的天照大神的挂轴供上神酒，鞠躬礼拜。

然而，父亲……父亲苦着脸，说了这样的话："待上一年再回来反而更好……"

我非常不快。父亲说这话的心情过于简单廉价了，他只想着兵营生活能让我改掉早上睡懒觉的习惯。我愤怒地将这件事告诉了祖母。他没有考虑到我作为预备军人如果奔赴可怕的战场可能会丢掉性命。他想得太简单、太不负责任了。我这么对祖母说。

现在我明白了。父亲认为我死在战场上反而是一件好事。怎么样？姐姐你是怎么想的呢？这是我的偏见吗？这的确在一定程度上是偏见，我也知道。

我们先不谈这个，来谈谈去年夏天我摔伤的事吧。

二十九

受了重伤而没有导致残疾实在是比捡了一条命还幸运。这概率不到十分之一，不，恐怕是二十分之一。它发生在了我身上，我不知道向谁表示感谢才好，只是心中感到莫名的寂寞。我甚至开始相信，无论如何我总是被关爱着的，是个有资格被爱的善良的人。

但同时（我认为自己被爱着，却又忍不住要否定这个想法），我也感觉到不爱我的人因我没有死掉而从心底感到不满足。如果没有这个意外，他或许想都不会想吧。可不巧事情发生了，他脑海里便忽然有了"干脆死掉为好"的念头。的确有这样的人，我有种感觉，不过我打算立即打消这个令人不愉快的想法。

实际上这种情况是很有可能的，不仅限于我自己。无论谁或多或少都遭受着别人的诅咒吧。对方的这种情绪若是内心的自然流露也是无可奈何的事。某种程度上甚至是值得同情的。这种恶念于不经意间巧妙地逃离理性与道德意识之手，要想立即出手捕捉是很困难的。但我认为，正因如此人断然不能放任自流。任其滋生发展必将给自身带来恶果。所谓害人必害己。恶念一出难以捕捉，但人哪怕是因惧怕报应也要及时抓住逃脱的恶念，将其摧毁。

然而，我想到了父亲……

我写这些事想必姐姐一定感到不快。你生气了吧。一定觉得我对父亲过于残酷了吧。觉得这是误解吧，是猜疑吧。或者觉得我太夸张了，对吧？抑或觉得我太偏执于姨母那愚蠢的失言，对吧？或许这些都是误解、猜疑、夸张、病态和过于偏执的想法。我自己也这么想。如果真是这样，我该有多高兴。

正如姐姐所知，父亲一直对我不满。一开始说我喜欢奢侈而生我的气。当我对所谓的奢侈不再有兴趣时，他又总生气地说我偷懒，整天无所事事。后来，虽说算不上勤奋用功，我也不那么懒散了。接着，父亲开始埋怨我把朋友招来家里，谈些无聊的话题直到深夜。他的不满无休无止。当然我也有做错的地方，可无论我做了多大改变，他总是一次又一次对我严加指责，好像不这么做就不踏实。特别是大学退学后，父亲认为我是个一文不值的懒汉，平日里对我态度烦躁没有耐心。一个没有固定职业的人确实容易被认为游手好闲。父亲那么看待我也无可厚非。但今天在我看来，那段时期我还算比较用功的。即便如此父亲还是以熬夜、睡懒觉为由责骂我好逸恶劳。他并非毫无道理，但我并不以为然。

在工作方面，我逐渐取得了进步。关于工作我至今从未指望得到父亲的理解。其实我把希望寄托于当自己产生了一定的市场价值时，父亲定会给予我某种程度的肯定。很幸运我不久就得到了杂志社的约稿。虽然我对出人头地莫名反感，但答应他们是出于前述的理由。除此之外我内心也渴望祖母的欢喜。这篇小说使我得到了一百日元的稿费。稿费送到家里时我不在，祖母吩咐把钱盛在托盘中放于神龛之上并献上神酒。我回来后看到感到有些难为情，可见祖母那样欢喜，自己也觉得很开心。

三十

祖母对我说："快去告诉你父亲。"这对我来说无疑不是一件轻松的事。我总觉得这很不自然，需要我努力克服。但又觉得说不定有好结果在等待着我，便毅然走上二楼去见父亲。

父亲照例以严厉的眼神望着我问道："什么事？"这就足以让我的心绪跌落谷底。我努力把小说发表的事情告诉他，但他好像丝毫不感兴趣，只说了句"是吗"，言外之意是"那又怎么样呢"。我失望极了，后悔不该特意跑来告诉父亲这件事。

无论如何我第一次通过自己的努力挣到了钱，如果父亲对此都没有什么兴趣的话，我该如何与他相处呢？我怀着屈辱又不知所措的心情离开了他的房间。

我从内心同情这时的哥哥，也同情着父亲。父亲一定把哥哥来说这番话的目的解读为"您一直说我游手好闲，可我想挣钱时就能挣到钱"。不能说哥哥丝毫没有这样的意图，但他当然也想更加坦率地告诉父亲自己挣到了第一桶金，想让父亲为他高兴。从哥哥信中就能看出这才是他的主要意图。若父亲能领会这两层含义，并有意感受其中善意的部分，那么一个新的好机缘就会诞生。而这个机缘没有产生，长时间以来两人扭曲的关系导致了父亲的惰性。如果有两种解释，父亲不知不觉就会选择恶意的一方，似乎觉得这样一定没错。而这无疑又激怒了哥哥，结果真的成了父亲所认为的那样。

本来哥哥在这件事上做得也有些缺心眼。他以这篇小说第一次获得了报酬，想让父亲开心，但这篇小说的题材是他打算和女佣千代结婚时发生的各种纠纷。小说中描写的父亲绝对不是一个好角色，而是一个不通情理的、顽固的实用主义者。我都害怕父亲读了那篇小说会有什么反应。哥哥一开始就相信父亲不会对这种小说感兴趣。如果像哥哥内心期望的那样，父亲对小说来了兴趣，开口说想看看，那哥哥又打算怎么办呢？想想都觉得他实在是个只为自己打算的人。

我认为下面这件事对父亲与哥哥的关系也有影响。在很长一段时间里，祖父作为名副其实的一家之主以温和的态度对待家人。要说这有什么坏处，就是缩短了父亲与哥哥之间的差距。本来如果能照着"祖父—父亲—哥哥"这样的等级来发展彼此之间的关系是没有问题的；可却变成了"祖父—父亲、哥哥"，使父亲和哥哥站在了同一平面上，两人更像年龄悬殊、关系不睦的兄弟。多半因为这个原因，父亲和哥哥说话时无法持以亲切从容的态度，总是立刻会与他对等地争论起来。在这一点上，父亲对待哥哥和对待我们大有差别。

当然与父亲发生冲突的不只哥哥一个人，我也有过，妹妹丰子甚至比我们更加激烈。父亲也会目光严厉地看着我们，唠唠叨叨地发牢骚，与对待哥哥没什么不同。但最后父亲多少会让步，且这种情况较多。他会边做出妥协边以亲切宽容的口吻说："真是个让人犯愁的孩子。"

但如果是哥哥，父亲绝对会坚持到最后也不让步，妥协对他来说就是失败。父亲一定觉得，对我们的让步是宽容，对哥哥的让步就是败下阵来。

这样的争执——不是互相憎恶而是相持不下——就像好不容易孕育出的和好的嫩芽在萌发之前就惨遭践踏。这样的事经常发生。

三十一

我说这话姐姐你可能有点不相信。我向你坦白，我希求让父亲开心的愿望一直以某种形式存在着。那是对父亲真正的爱，还是我内心潜藏着的近乎卑屈的思虑？连我自己也不明白。这样的心绪在我胸中徘徊。很不可思议，却是真的。

接下来的事可能听起来很滑稽，但我特意要把这滑稽的事写出来。前些年在小豆岛时，船从屋岛驶向金刀比罗，然后又到了鞆津、尾道。我当时坐在轮船甲板上的烟囱旁边，满脑子沉浸在荒谬的空想中。在没有一个知己的那段孤独的日子里，独自空想就如同在东京与人闲谈。我记不清那时是按照什么顺序编织那样的空想的。我想象自己做出伟大的发明，造了庞大的飞船，我就坐在飞船上。那可能发生在从鞆津驶向坐落在巨大岩石上的阿武兔观音的途中。那儿有好几个岛，每个岛几乎就是一块面积大约二三百坪的巨石，上边生长着老干虬枝的古松。我想象着利用那艘力量强大的飞船将古松连根拔起。飞船犹如老鹰攫死鼠一般悬吊起一棵古松向东京飞行，趁夜间神不知鬼不觉地丢在东京我们家的庭院里。天亮后父亲起床，看见这番景象会多么惊讶又多么欣喜！（父亲特别喜欢庭院和盆栽。）我也真是很无聊，但这样的空想不只在那时存在。我到达尾道，登上名为千光寺的山寺，见到一块大小如小型二层房屋、形如椭圆宝珠、名为珠之岩的石头时，也有过同样的空想。这是一种什么样的思绪呢？为何我不做让祖母开心的空想，而对于不满的父亲，这样的空想却不断浮现呢？空想在不知不觉中出现。依照我平时对父亲的态度，谁也不会察觉吧。但父亲会怎么想呢？或许他会理解。既然我有这样的心绪，那么父亲有同样的想法也说不定。但现在我连这种期盼也丢弃了。

这么说来，父亲对我寄予的期望是什么呢？我在艺术工作上表现出色，但那在父亲眼里只是指甲里的污垢，不如干脆同父亲说"我实在没有艺术上的天分"，说不定他还能给我一个笑脸。不过也仅限于一时。即便我成了公司或银行职员，我同父亲的关系也不可能有什么改善，依旧很快又会回到过去。我认为父亲恐怕已经对我没有任何期望，不是我要拿姨母说的话作挡箭牌，如果他真对我还有什么期望，那便是尽早死了为好。

姐姐你或许觉得我太认死理，喜欢将各种事情恶意曲解。我也认为写得有点过分了。那要是这么说你觉得如何？还会觉得我太夸张吗？倘若我病死或自杀，父亲会为我的死感到遗憾，但同时又会松了一口气。你觉得如何呢？姐姐你不能否认会发生这样的事情吧。

我累了，也不那么亢奋了，就写到这里吧。我觉得写了好多好多的事，其中也有不该写的。眼下这封信我有点不想寄出了，暂且不将它撕毁先保存下来。姐姐请你记住，我只会给你写这些话。别人我不会这么写的。如果我寄出这封信，你一定要记住我的话。

我现在真的精疲力竭，心情也完全平静下来了，请不要再为我担忧。

三十二

信纸里还夹着下面这另一封信，是那两天后写的。

　　姐姐，我现在真的认为自己是个可怕的人。能写出那样的信实在很可怕。我是一个多么不懂反省的人啊。我只写了如何被父亲诅咒，可如果被问道"你自己又如何呢"，我该怎么回答？如果父亲问我"我死了，你难道不会长舒一口气吗"，我该说什么好呢？我无法说"绝不会"，而会说"一定会的"。没错，我肯定会感到如释重负。这样的我把自己搁在一旁而去唠叨对父亲的不满，这都是我的错。我错了。这样的我得不到父亲的爱理所当然。无论如何请原谅我吧。我不是个无可救药的恶人。因愚蠢而被境遇所困，我就是个傻子！这样的关系继续下去没有意义，必须采取彻底的行动。心中埋藏着恐怖的念头活下去，整个世界就会变成地狱。这既愚蠢又可恶。我还有留恋，积极意义上的留恋，但我对自己的力量没有信心。不充分的信念一定会导致失败。我还是决心一个人独自远行。

　　但千万不要为我担心。这次离家是为了寻求能实现自我价值的生活。我不会自暴自弃。虽然如今强烈闪现在我眼前的只有和父亲的事，但凭理性我清楚地知道这不是人生的全部。

让我心痛的是与祖母的离别。祖母会感到多么凄凉啊！我一想到这儿就伤心不已。但她必须要经受住这离别的痛苦。否则如今的我无法采取行动。此外只要我离开，家里的风波就会自然平息下去。

小豆岛的经验告诉我今后的生活必会孤独寂寞。但我会熬过去的。一定要熬过去。想起故乡的曾祖母、仙伯母（祖母的长姐），祖母无疑还很健朗。只要祖母身体健康，我一定会回来。我最大的希望就是祖母健康地活着。

对于母亲，我从心底满怀感激。她是个了不起的人。作为继母，她为我做的许多事原本都是我不敢奢望的。请你多多照顾母亲，也请告诉大家不要为我过于担心。

我对芳三、丰子、君子都怀有深深的爱。因为和父亲的关系而牺牲了与大家的这份感情，我非常悲伤。

姐姐，也请你多多注意身体。我也永远不会忘记你家里的小朋友们。

那么就写到这里了。

上封信我照原样寄出，希望你能将两封信放在一起看。

除此之外，哥哥还给祖母、父亲母亲各写了一封信。给祖母的信里反复叮嘱不要为他担心。给父亲母亲的信则说明为了个人更好地成长离家是必须的，此外不要犹豫让我来继承家业，以及就算碍于体面没有办法，但不要过分追寻他的下落。

三十三

话虽如此，哥哥的出走还是给全家人投下了阴影。

最初祖母变得异常固执，让大家束手无策。哥哥出走后的三天里，祖母由于情绪激动脸颊涨得通红，这件事果然对她刺激太大了。大约是第四天早晨，我在餐厅看报，坐在一旁的祖母一个人咯咯地笑出声来。我一看，她正用食指不停地磨蹭榻榻米。

"怎么啦？"我问道。

"有蜘蛛呢……"祖母擦得更起劲了。

"在哪儿呢？"我说着掰开她的指头，那儿有一块烧焦的痕迹。

"这不是烧焦的吗？"

"是蜘蛛。"祖母肯定地说，那口吻似乎在叫我别说瞎话，"腿就是这么爬动的。"

"那可不是腿呢。您磨蹭得太厉害，那焦煳的地方周围都起毛边了。"

"是吗？"祖母顺从地移开了手指，快活地笑起来。她那模样让我感到了一阵怪异，某种不安向我袭来。同时我莫名害怕祖母会意识到自身的怪异。

"哎呀，看上去是有点像蜘蛛呢。周围的毛刺好像在蠕动。"我说道。

"妈，来梳头发吧。"母亲端着盛满热水的小铜盆从厨房走出来。

"头痒得好难受啊。"祖母将手指伸进她这个年纪还算浓密的、半白头发的发根，边挠边说道。

"放一些酒精吧。"母亲从身边的柜子上取下酒精瓶子，往热水里倒了一点。

两人去了阳光充足的三叠大的房间，她们平时都在那儿梳洗打扮。

我还是待在原地看报纸。过了一阵子，三叠大的房间传来祖母和母亲的笑声。接着听到母亲喊我："芳三，芳三。"

我起身过去。

"奶奶说拉门的门框上爬着虫子，好像是蚕……"

我想祖母是不是又"看见"什么了，就尽量带着不在意的口吻说道："哪儿呢？"

"就在那儿趴着呢，你看不见吗？年纪轻轻的怎么看不见呢？"祖母说着，手指指向阳光照射下的倒数第三段的门框。

"到底是什么呢？"我仔细查看起来，但什么都没有，"在哪儿呢？是这里吗？"

"就在那儿爬哟，看不见吗？"祖母焦急地说了方言。

"您是不是看花眼了？"母亲笑着说。

我怀疑祖母的脑子出了问题，但也有可能只是看花了眼，我凑上前去再仔细看了看，果然有个形似蚕虫的小东西。原来是糊纸时沾多了糨糊，附在纸上多余的糨糊从木框上溢出来凝固在那儿了。那半透明的固体长约六到九毫米，和拉门的纸同一个颜色，即便是我，离它一尺距离也辨认不出，但祖母隔了三尺却看得清楚。有的人上了年纪视力反而会变好，但祖母不是的。她缝补我和哥哥的袜子，穿针时常常需要别人帮忙。虽然我依旧觉得奇怪，但那里确实有个东西，至少祖母不是出现了幻觉，我稍稍感到欣慰。

"没错！看见了。奶奶的眼力真好啊！真的像一只蚕呢。"我这么回应着，又告诉她们那是糨糊溢出来凝成的固体。对视力不太好的母亲，我颇费了一番气力说明。

然而祖母的脑子还是出了问题。她说头晕，中午就早早地睡了。自那以后的一周，祖母连床都起不了，白天和晚上都在睡觉。

三十四

关于哥哥信中所写出走的理由，我觉得是他自己的过度臆测。特别是日后见到父亲衰弱的样子，我更觉如此。当然不能断定父亲心里没有那种想法，但确实不全是哥哥所想的那样。可对哥哥来说那就是他全部的感受，这是无可奈何的事。而不知不觉间事实被夸大了。也可以这么看，若两人的关系照那样的势头发展，哥哥夸大事实的举动（即离家出走）从结果来说或许是一种"防患于未然"的措施，虽然谁也无法如此断言。

家里找了警察，还委托私人侦探找寻哥哥的下落，但没有任何消息。

在那之后漫长的岁月里发生了一些琐碎的事，我就不一一细说了。姐夫事业失败，我结婚成家，孩子出生，九年的光阴在平淡的日子中过去了。

我想让这个不知不觉中费了大量笔墨的故事重新回到开头，我收到姐姐病危的通知便去她生活的信州某个荒寒山村探望她。

来到信州高原，只见远山山顶披着一层薄薄的白雪，已经是一派初冬的景象了。我在某处车站下车后，还必须朝大山深处走上四十多公里。这天晚上我实在无法到达目的地，但想着哪怕多靠近一步也是好的，我多给了不太乐意的车夫一些钱，计划当晚抵达二十公里之外的一个村庄。夜很黑，天气寒冷。我僵硬的身体缩在竖着衣领的外套里，沿着一条激流边新铺的道路，乘车登上那缓缓的斜坡。

河边有一处人家，好像是新建的旅舍，到这里时九点稍过。店门关着，店家已经睡下了。车夫刚唤了两声，攀着细衣带的女主人就出来为我们打开了门。

巨大的坑炉还燃着，我走近，那四周睡着三四个人。下方传来流水的声音。我被带到尽头一间只涂了半截墙壁的榻榻米房间。壁龛上悬着石版印制的乃木大将[1]夫妇的挂轴，前面放着一个用树根做的仙鹤摆件。

女主人端来今户烧[2]的火盆，里面盛满了通红的炭火，这可比什么都有用。不多一会儿，酱烧岩鱼、蘑菇面筋汤等饭食也上来了。

后来，我正想着睡觉时，拉我来的那个车夫满脸亲热劲儿地走了进来。他依旧披着路上穿的那件棉布短袄，好像想找个人说说话，他全身上下只有一双脚洗得干干净净，很是显眼。

他原本该回车站去的，但目前村子里没别的车夫，我只得把余下的路程也交给了他。

我打发走车夫就立刻钻进了被窝。被褥很短，伸直腿后脚跟就露在榻榻米上。流水声在枕边回响，有种说不出的悲凉。枕边的火盆里又添进了许多炭火，小巧的铁壶吱吱作响。我听见车夫和女主人在说着什么，车夫好像在喝酒。

---

1 指乃木希典，明治时代的陆军大将。明治天皇大葬之日与妻子静子一同殉死。
2 东京都台东区今户地区制作的素烧陶器。

外边起风了。挡雨窗嘎嗒嘎嗒地像在倾诉。不知为何拉窗的最上一格没有糊窗纸，风从那里吹进来，格外寒冷。

我不知不觉睡着了。

三十五

第二天早上女主人来加炭火。外边风还在吹着。我洗完脸，打开面向河川的矮窗，坐在阳光下。昨晚黑夜里没看清楚，河川不像想象的那么宽阔，但水量充沛，水流湍急。对岸杨柳的枝条在大风中摆动。一阵狂风刮过，岸上顺着水流伸展的藤蔓的枯叶无力地离开枝头飞扬在天空，一些落在水里，一些落在岸上，飘走了。

河岸边有一小块田圃，前方紧连着山峦。山坡上长满树龄尚轻的栎树，每棵上都坠满了红褐色的枯叶。山头蔚蓝的天空显得格外澄澈浓碧。

我用完早膳立即坐上备好的人力车出发了，但车只走了不到二十公里。斜坡上有一处村落，那儿没有稻田也没有山林。因为到了高原地带，必须步行余下的十二多公里。我在村子里新雇了一个壮汉，把行李交给他背着继续赶路。

从村子里出来向高处走了一段路，眼前是广漠的高原，生长着不知名的树木，齐腰的灌木这儿一丛那儿一簇。除此之外只看到零星的几棵幼小的白桦树。虽然有路，但大雨过后路面经流水冲刷变得坑坑洼洼。有时下起浓雾，鞋踏在濡湿的赤土上很容易打滑，这真叫人受不了。流水经过，在四面留下三四尺宽的水痕。听说每逢下完暴雨，那些地方都雨水汇集，奔流滚滚。想象一下，那仿佛是在梦中出现的景象。

寒冷的西风从身后袭来。我脚边有时"嗖"地传来一声尖叫，那是一种如掷出的石子般随风低飞的小鸟。

因为很冷，我们急急前行。在同一片风景中我们大约走了八公里多，这时，前方一个男人的身影映入我的眼帘。我们的速度较快，自然地追上了他。男人穿着一身破旧的黑色双层和服外套，一顶宽帽檐的破旧黑礼帽扣在后脑勺上。他猫着背，模样寒碜，吃力地走着。看样子他并非旅人，也不像住在附近的村民。猛地一阵风吹来，为了抵御寒风他向前快跑了五六步。和服的下摆时不时被风吹起夹在两腿之间。男人一点也不在乎这些，继续艰难前进着。

这个男人是从哪儿来的呢？当我追上他，擦肩而过时两人对视了一眼，我也没认出来他就是我九年未见的哥哥。

"是芳三吗？"听到这声音的那一刹那，我的心颤抖了一下，脑子里瞬间浮现出许许多多的往事。

哥哥用怀念的眼神凝视着我，柔和的目光满含着温情。但我还是从他的凝望里感到莫名的压力。和当初出走时那毫无自信、战战兢兢的眼神不同，哥哥现在的神情完全出乎我的意料，它超越了寒酸的外表和蹒跚的脚步。

三十六

我们一路上很少言语。

无论如何他是我唯一的哥哥。我莫名地感动。哥哥心里应该也很感动吧。这更让气氛趋于沉默。我想替祖母和父亲母亲告诉他很多事并问他很多事。又觉得冒冒失失说出来会不礼貌、不自然，于是作罢。我只问了他："这么久不见，哥哥你过得好吗？从很远的地方来的吗？"哥哥只问了一句："奶奶身体还好吗？"

日落后天气骤然寒冷起来。我们终于越过了高原。

那儿有一座小山，山脚下有几户农家，清冷的村落静静地笼罩在薄暮之中。

姐姐的家在最里面，屋前是茶园，屋门口一棵高大的柿子树上挂着五六颗鲜红的果子。

那儿有一块空地，旁边是建了一半的仓房之类的。这是个堂屋较宽敞的宅子，屋檐下悬吊着数条稻草绳，上面挂着去了皮的柿子。

屋子里静得出奇。壮汉走在前面，我们跨过了土间高高的门槛。土间暗黑的角落里，一个十三四岁的男孩在灶台下烧着火。他坐在劈柴的台子上，脸颊被火光映红，奇怪地看着我们。他那多少显得冷峻的目光果然是来自我们家族——更具体地说是继承了父亲的血统。

"是正男。"我提醒哥哥道。他是我们的外甥，七岁以后我就再没见过他。

"是呢。"哥哥微笑道。

"来客人了！"壮汉大声向里间喊了一声。姐姐的大女儿八重子闻声迎了出来。

"大舅和芳三舅舅来了。"我话音刚落，八重子就带着一副吃惊的神情话也未回跑回里间去了。

我很累，坐在靠门口地板的横木上。这时传来姐姐的婆婆"哎呀哎呀"的招呼声，她半跑着出来了，身后跟着手提吊灯的姐夫。姐夫在这七年里完全蜕变成了个农家人。长期在阳光下曝晒的脸上，两三道异常粗重的皱纹从耳下延伸到下巴，两寸长的头发里已掺杂了大半白发。

"进来吧。"姐夫说道。

"姐姐怎么样了？"我问道。姐夫没有回答，又说了声："进来吧。"

"快请进。"婆婆也说道。虽说是稀客，但他们这般招待，我觉得不像家里有人生了重病的样子。或许姐姐的病情还没有到非要通知家里人的地步。但婆婆寒暄完之后又小声告诉我们，昨天姐姐一度气绝，他们以为她死了，约莫一小时后八重子发现她又有了微弱的呼吸。姐夫听了粗暴地对她说："现在不要说这些！"简直就像对待一个下人。

"好的好的。"婆婆微微点了两三下头，看着我们露出卑微而不自然的笑容。

三十七

姐姐的床在宽敞的房间一角，她仰面闭目躺在泛着黑色油漆光芒的墙板前。因为那层薄薄的被子再加上她瘦得皮包骨头的缘故吧，她的上半身平坦而单薄，躺在那里仿佛一个死人。

哥哥坐在近旁默然凝视着那张脸庞，姐姐好像已经没有了意识。看着她凹陷的眼眶、带着油泥般脏污的面色、干巴巴的皮肤，我伤心极了。人生走到尽头只能迎来这样的结局，真是太可怕了。虽说怎么死结局都一样，但姐姐躺在这个被煤烟熏黑、悬着一盏昏暗吊灯的异常空旷的房间里，眼前不见半点生动的色彩，从婆婆和丈夫那里也感受不到任何温度——这幅光景在我看来就似走在了黄泉路上。如果同样一张将死之人的病床放在赤坂红十字医院的病房里，带给我的恐惧可能不及这里的一半。各种草花、白色墙壁、白色床单、为死别而哭泣的人，那些事物都会缓和我内心的恐惧。然而，这里什么也没有。我掉入无止境的黑暗，像在朦胧的睡意中感受濒死的恐惧。明日的鸟鸣虫飞、日照花开、风吹犬戏、童稚喧骚都无法重现于脑际。如果死是永恒的黑暗，生就是冬日高原上的薄暮。至少我感觉姐姐的人生就是如此。

如果我是一个人来到这里一定会无法承受，幸好哥哥在身边。高原上见到的哥哥，一副意志消沉、多少带些晦暗伤感的样子，现在却是我唯一的依靠。特别是他的那双眼睛，虽没有反抗死亡的意念，却含着绝不被死亡击溃的坚定。

哥哥目不转睛地凝望着姐姐羸弱的身体，内心好像丝毫没有受到那些正深刻侵扰着我的情绪的影响。

姐姐的病是妊娠反应病变后引起的并发症，确切原因不详。现在也没有再看医生了。听说每日都请邻村提灯店的人来给她施灯芯灸。即便姐姐意识不清，我也无法忍受婆婆与姐夫当着她本人的面，毫无顾忌地言及一些极度残酷而心痛的事。此外，他们过分断定姐姐将死也使我感觉不快。

八重子拿来一盏高座台灯，跟着她进来的还有一个四岁模样的可爱女孩。婆婆说女孩是亲戚托管在这里的，姐姐疼爱孩子，常和她睡在一起。自从姐姐生了病，女孩就逐渐变得冷淡起来，如今都不愿意靠近她了。

"让叔母抱抱吧。"婆婆是想证明自己话的真实性吗？她说着将那个孩子向姐姐近前推了一把。女孩的眼泪就快掉下来了，她爬上婆婆的腿坐在上面，手从她胸前敞开的衣襟伸进衣服里，不断地摸寻着乳房。

三十八

第二天放晴了，是个无风的好日子。秋天和暖的阳光也照进了姐姐的病房。就连昨夜我那番被折磨得窒闷的心情一见到阳光也恍如梦中。但当我看到仰躺着好像死去一般的姐姐时，心情又变得寂寞与惆怅起来。哥哥盘腿坐在阳光下遥望着窗外的景色。

正当我们坐在火炉边吃早饭时，邻村给姐姐做灯芯灸的男人来了。那个男人一边悠悠地吸着烟一边和姐夫聊起种稻和养蚕的事。我借了一双木屐，带着外甥正男去屋后爬山。山上黄栌和漆树的红叶正值美丽的时节。登山口处从山上流下的清泉经引水管流入四斗樽里。

我问正男想不想去东京，将来想做什么工作。正男不像普通的孩子，没有表现出一点欲望。我心想他若有这方面的意愿，定要想方设法帮助他实现。另一方面，我问他这些话也是为了振奋自己的心情，但正男没能给我预期的回答。我们正说着话的当儿，脚边传来令人震撼的山鸟扑翅而起的强大的羽音。眼见着它展翅飞去，正男说只想得到一支钢枪，什么样的都好，说得就好像那是他唯一的愿望。

我们回去时，提灯店的人正巧开始施行灯芯灸。那人说所有的疾病都源于体内郁积的毒气，毒气没有出气口便会侵入各种器官，刺激神经。因此只要加上出气口，让毒气自然释放，病就好了。还说气体出口处灯芯时而会飞出三四尺高的火焰。

他大声念诵咒文，用少量油点燃灯芯，轻轻敲打姐姐的心口，敲一下又离开。因为有多年的经验，他动作显得非常熟练，让人仿佛确实看到气体散了出来。这灯芯非常灼热，可姐姐完全没有反应。那人说随着身体的康复会逐渐感受到热度，又说经过这番治疗，体内的疾病会一点点移动。接着他又对姐姐的下腹施行了热灸。

据说姐姐如此毫无意识的状态持续了一周以上。但这时她突然睁开了持续闭合的凹陷的双眼。那简直就是一双我从未预想到的清澈的眼睛，目光炯炯有神。姐姐挨个仔细地看着我们。八重子比谁都惊讶、激动。她首先告诉了姐姐我们的到来，似乎就要哭出声来。姐姐默默点点头，事实上她看我们时所表露出的平静神情，就证明她并不知道我们是谁。

"大哥来了，我是芳三，姐姐知道我们是谁吗？"我把脸凑近前去问道。她只微微地点了点头，什么也没说。她没有听懂我的话。

"妈妈，妈妈。"八重子激动地在姐姐耳畔不住地呼唤。

"她好像有话要说，喂一些热水或茶吧。"哥哥说道。八重子急忙拿来小茶壶，滴了些水在姐姐嘴里。

姐姐用嘶哑的声音小声说了些什么。八重子凑近也没听清楚。

"嗯？……什么？被褥？……"八重子大声地问。

"听不太清楚，好像说什么不要把被褥弄脏了。"八重子望着我，一脸悲伤和困惑的表情。

我替她凑过去听。

三十九

我也没有听清楚姐姐说的话，大意大概是如今自己是将死之人，弄脏了客人用的被褥太可惜了，要把用过的被褥找出来，再将库房里孩子出汗疹时用的砂枕拿出来重新换上。

八重子急得要哭出来，小声说道："怎么可以那样做呢？"

姐夫走了进来。八重子哭丧着脸将事情告诉了他。姐夫说道："就照着她意思办吧。"不知是为了让姐姐安心还是姐姐的话正中他的下怀，我觉得他很冷酷。

婆婆到底是不赞成的，但为了使姐姐放心先答应了下来。

"妈妈，妈妈。"八重子大声地告诉姐姐会按照她所说的去做。姐姐点点头，安心地合上了眼睛。

"意识这么清醒，不知是好事还是坏事。"施行灸术的男人抱着胳膊说，"或许很快就没救了。"

刚到田里去的正男被叫了回来。八重子上气不接下气地把刚才的事说给他听，正男听了惊讶地睁大了眼睛。

正如那个男人所言，治疗还没结束姐姐的状态就急转直下。她闭着眼睛抽搐起来，半开的眼皮露出眼白，呼吸的间隔渐次变长，最后就这样死去了。

八重子放声痛哭。婆婆和正男也哭了。哥哥的脸颊上也挂满了泪水。我也哭出声来。我们这些人里只有姐夫一人没有哭。

村里人很快都聚集而来，家里忽然变得非常热闹。邻居大妈们束起衣袖，在土间开始烧火做饭。年轻力壮的小伙子从库房抬来了棺材。那是三天前姐姐一时断了气时向近村的棺材店定做的。因为定做后不好退回，昨日就将制成的棺木临时放置于库房里。

大家都忙忙碌碌干了一整天的活。哥哥受婆婆之托做了很多常见于亡灵图画里的三角形纸片，用于贴在参加葬礼的人额头上。

八重子想着母亲说不准会复活过来，时不时揭开那白布看看母亲的脸。

姐夫和村里人比起和我们说话时显得开心多了，他大声和他们聊着什么。大伙儿一边说话一边喝酒。

葬礼应该在翌日上午举行，但姐夫决定今夜就将遗体入殓。日落后，趁村里人都在屋外喝酒谈笑，我们在里屋擦净尸身。

姐姐的遗体布满了污垢。哥哥和我为姐姐洗干净面颊。哥哥将还给八重子的米糠包又要回来，一边瞧着一边仔细擦拭遗体耳朵下的皮肤。

"舅舅，那是青斑。"八重子见了提醒道。

"是吗？"

"是出生时就有的。舅舅忘了吗？"八重子一脸不可思议的表情望着哥哥的脸。

"这样啊。"哥哥说着又仔细看了看那个地方，尴尬地将米糠包还给了八重子。

四十

我知道哥哥曾经在他写了又扔掉的原稿里提到过姐姐的青斑的事，现在他却忘记了，这真让我感到不可思议。

那是姐姐出嫁那年的事。她出嫁前，在父母不断唠叨下熬夜练习针线活，哥哥那时还是个十四五岁的中学生。一天晚上，姐姐在油灯下满面通红专心致志地做针线。哥哥闲得无聊，仰面躺着，正巧瞧见姐姐的外褂袖子垂在榻榻米上，便将头枕在上面看起杂志来。没多一会儿，他看厌了，将杂志搁在一边呆地望着天花板。忽然他的视线里映现出姐姐光滑蓬松的发髻下那半个桃红色粉嫩的耳朵。哥哥的视线顺着耳朵下去，注意到那儿有一块拇指肚大小的青斑。青色斑痕在那纤细柔滑的皮肤的映衬下，竟显得那样无与伦比地美艳。他心里有了触摸那块青斑的不可思议的欲望。他拿起身旁的木尺随意玩弄起来，玩着玩着用木尺轻轻触碰了一下青斑。姐姐无言地扬起肩膀，弯下脖颈蹭了蹭那儿。

那副模样催生了哥哥更强烈的欲望。他无意似的用木尺一端又更加重地杵了那儿一下。

"太危险了！"姐姐这回皱起眉低头看着哥哥。

"对不起。"哥哥说着将木尺放在一旁。他还想再尝试一次，就又拿起尺子随意挥动起来。姐姐发觉了，露出嗔怒的样子，夺走尺子放在另一边说道："这可不是玩具。"

那时哥哥觉得自己的心思被姐姐看穿了，一种奇妙的羞耻感涌上心头。那到底是何种性质的欲望呢？他自己都没有弄明白。他忍不住想再来一次。

"是，是。"哥哥说着站起身绕到姐姐身后，看到那美丽的发际，他又不觉犹豫起来。

"真讨厌！别闹了。"姐姐不安地扭了扭腰臀。

"知道啦。"

可当姐姐开始了手里的针线活，哥哥"哇"的一声将两手拍打在她的双肩上，又趁着这当儿用手指尖碰触了一下青斑后逃走了。

"啊！太过分了。"哥哥身后传来姐姐的声音。

关于这段往事，哥哥大致就是这么描写的。对于哥哥来说那似乎是很久以前的事了。别说那青斑，就连写过这段文字的事恐怕都忘记了吧。但即便哥哥还记得，如今姐姐耳下的斑痕已和过去截然不同，它早已变成一块丑陋的斑痕，不过是干燥皮肤上的一块污渍罢了。

晚上大家在灵前守夜。我因为第二天葬礼一结束就要回去，十二点左右便先上床休息了。

翌日一早我起床后发现哥哥已经走了。他不辞而别，没有人知道他去了哪里。

我感到非常可惜。和哥哥待了一天多的时间，却没能抓住机会和他好好聊聊。原本想着要是我们一起离开，归途上就能聊上一阵子，我能听他说出很多事情来。可后来我又觉得或许对于我要说的和想打听的事，哥哥心里全都清楚吧。一定是这样。其实我并不一定真要说些什么、问出些什么，我只是想和他说说话，也想听他说说话。可惜我的这个愿望并不是哥哥所希望的。哥哥飘然离去，不知所踪。

那之后五年过去了，没有哥哥的任何消息。有一次听人说看见哥哥在北海道做土木工，我随即调查了一番，结果只是弄错了。

去年夏天我们得知有一个酷似哥哥的人住在伯耆[1]的大山里。我正巧休息就去那里看了看，结果还是弄错了。

1　位于鸟取县西部。

没有人知道哥哥现在在哪里，过着怎样的生活。但我相信他的生活是有意义的。下次当我再次见到哥哥时，他会以怎样的面貌、何种眼神出现在我的面前呢？对此我心中充满期待。

后　记

　　《大津顺吉》《和解》《一个男人和他姐姐的死》这三部小说从写作素材上说，如同一棵树上生出的三根枝干。《大津顺吉》和《和解》是真实的故事，《一个男人和他姐姐的死》掺杂了真实和虚构。

　　《大津顺吉》是我对父亲心怀不满时写的。我不愿意将情感露骨地表达出来，尽量写得委婉一些。我把阿纳托尔·法朗士的《波纳尔之罪》读了两遍，是为了尝试模仿这部小说轻松的笔调。我不认为模仿得很成功，但那种风格多少蕴含在作品里了。

　　《和解》正如故事中所叙述的那样，当我埋头于与书店签约的写作时，我和父亲的关系得到了令人愉悦的和解。喜悦和兴奋使我放下手头的工作，一口气完成了《和解》这部小说。我平均一天写十页，半个月就写成了。那期间除了有一个晚上家里来了留宿的客人，我没有写作。有时我甚至一天能写上二十页，像这样平均一天写十页十五天完成一部作品过去从未有过，那之后也没有。当时武者小路实笃住在我孙子邻村的根户，他每日来和我说话到傍晚。我写完之后给他看，得到了他的赞许。因为截稿日期临近，我没来得及回看就交稿了，这对我来说也是从来没有过的。

当我进行《暗夜行路》最后部分的写作时，武者来奈良的家里小住了几日。我们聊到夜里十一二点，之后我开始写作，第二天总要睡到十点十一点才起来。早起的武者不断问我妻子："志贺还没起来吗？"有时他竟来到我睡觉的黑暗的房间里，抱着胳膊站在床边，"喂"的一声把我叫醒。我在写作《和解》和《暗夜行路》时都受到他的干扰（？），不可思议的是这些作品反而完成得很好。我们并没有聊关于写作的话题，但我的写作却进行得很顺利。

《和解》的不足之处主要在于没有具体交代父子间的不和，读者不了解父子关系不睦的缘由。如果能把这一部分写清楚，那么作为一部作品会显得更加完美。可当时我没有余裕去那样写。我写这部小说的起因完全来自和解的喜悦，那时我无力考虑为读者将不和的原因解释清楚。从我自身来说，避而不谈失和的缘由而只写出了和解的喜悦，反倒让我感到满意。

《一个男人和他姐姐的死》是在《和解》之后创作的。从作品的内容上说应该在《和解》之前。父亲与儿子的不和，是通过主人公弟弟的角度叙述的。在这部作品中，姐姐是虚构的人物，和我实际的生活有所不同。我着眼于父亲和"我"的心理描写，使弟弟同时对两人都充满同情，写出批判性的语句。小说还写了父子都有和好的愿望，可结果却事与愿违。如果说《和解》是刚捕捞上来的鲜鱼，那么《一个男人和他姐姐的死》就是这条鱼晒干后的鱼干了。这部作品有点沉闷，不能给人带来愉悦的感受。虽说我自己不太喜欢，但创作中付出了很多辛劳。即使不喜欢，对于我它仍旧是不可或缺的作品。

父亲和我达成和解之后又度过了十二三个年头，七十七岁故去。

译后记

志贺直哉（1883—1971）这个名字，想来中国的文学爱好者并不陌生。他是日本白桦派代表作家之一，也是创作"心境小说"[1]的能手。他的许多作品被收入日本中学教科书，被文坛推崇为"小说之神"。

许多文学大家都喜欢他的作品，并给予高度评价。芥川龙之介曾感慨自己很想写出志贺直哉风格的作品，可惜力不从心，甚至赞赏他的小说是接近于诗的最纯粹的文学作品。中国作家郁达夫也极力称赞志贺直哉在日本文坛的地位大可媲美鲁迅在中国的。

然而，也有读者认为其小说偏重描写自我，文辞平淡，

---

1 日本特有的一种文学形式。早期常作为"私小说"的别称使用，主要指以作者为主人公、作者的日常生活与心境为题材的小说。

和近代其他作家相比缺乏深度。

对于志贺直哉的作品，为何有这两种截然不同的评价呢？笔者以为志贺直哉小说的魅力不在于奇特的内容、精巧的构思和华丽的语言，而在于作品里蕴含的素朴、永恒不变的人间温情。就好像出嫁的姑娘，有的见到华美的嫁妆会欣喜异常，而有的却对小时候母亲常用的那把小木梳念念不忘。

他的作品多以个人生活经历为素材，语言简练质朴，行文优游，淡而有味，余韵绵远。如果你欣赏他作品的风格，并与之有心灵的交流沟通，那么他的小说在任何时候、任何场所，阅读数遍之后仍会有初读时的感动。反之，对喜欢华丽的语言、跌宕的情节的人来说，他的作品或许是索然无味的。

文学作品是作家精神世界的映射，与作家的人生经历有着密不可分的关系。由此，我想就收录于本书中的"和解三部曲"结合作者生平做一个简约的说明，供读者朋友参考。

1883年，志贺直哉出生于日本宫城县牡鹿郡石卷町，是家中次子。在他出生前，兄长就已早夭。当时父亲在第一银行（瑞穗银行前身）工作，是明治时期日本经济界的重要人物。志贺两岁时，父亲辞去工作，举家搬到东京，与祖父母同住。志贺在祖父母的呵护下成长，特别是祖母对他疼爱有加，据说每天晚上都会抱着他入睡。在《大津顺吉》中，他写道："我生病的时候，没有一次不是祖母照料的。六岁时患传染性很强的伤寒，也全是由祖母一人看护。其中一个缘由或许是我拒绝祖母以外的人吧。"1895 年，志贺十二岁，8 月母亲离世，9 月他入读学习院的初中，秋季父亲再婚。

次年与友人创办"检游会"（后改名为"睦友会"）并发行会刊，开启了文学创作的第一步。然而，当时他的梦想是成为一名海军军人或企业家，并热衷体育运动，特别爱骑自行车。

1901 年，十八岁的他参加了内村鉴三的讲座，被其人格魅力深深吸引。在之后的七年内，他师从内村研习基督教，把他视为对自己影响最大的人之一。《大津顺吉》中写道："十七岁起我就一直跟着角笃的 U 老师学习基督教的教义，我把自己的信仰交托给了他。"U 老师指的就是内村鉴三。同年，内村在演讲中严厉批判足尾铜山矿毒事件。这带给志贺极大震动，他计划去当地考察，但因祖父曾经参与铜山的经营而遭到父亲的强烈反对。这件事为此后父子的长年不睦埋下了种子。

志贺中学时学习成绩并不好，两次留级后，认识了小他两岁的武者小路实笃。尽管两人曾一度绝交，但终究成了一生的挚友。1903 年，志贺升入学习院的高中。这一时期他立志成为一名小说家。1906 年，他入读东京帝国大学文科大学英文专业，1908 年转到国文专业，1911 年从大学退学，接受征兵体检，服役八天后就因耳疾被免除兵役。

志贺在学期间与家中女佣相恋，遭到了父亲坚决反对，由此加剧了父子俩紧张的关系。他将这段经历写成小说《大津顺吉》，发表在1912年的《中央公论》上，获得了平生第一笔稿酬。他以为这次父亲会对自己刮目相看，不想却遭来一顿斥责。父亲认为靠写小说为生的人是没有出息的，并且拒绝为他计划出版的首部短篇小说集负担费用。心灰意冷的他向父亲提出要离开家独自生活。这一年11月，他搬到了广岛县尾道市居住。

志贺在小说《一个男人和他姐姐的死》里详细讲述了造成与父亲关系不和的几次事件，包括铜山矿毒事件以及与父亲发生争执后离家出走的前后经历。小说以第三者弟弟的视角写成，描绘了弟弟眼中的哥哥对父亲既憎恶又依恋的矛盾心情。志贺十二岁丧母，父子长期不和的根源或许是他心底潜藏的对母亲的怀思吧。

1914年12月，志贺与挚友武者小路实笃的表妹康子结婚。这桩婚事遭到父亲的反对。婚后第二年，他将自己的户籍从父亲处迁出，和妻子辗转多地后搬到千叶县我孙子市。

1917年，三十四岁的志贺终于了却多年心愿，与父亲达成了和解。他开心地将这段经历写成小说《和解》。正如作者在后记中所说："喜悦和兴奋使我放下手头的工作，一口气完成了《和解》这部小说。我平均一天写十页，半个月就写成了。"书中记述了他痛失长女，喜得次女的经历。

1916 年，志贺与康子生下长女慧子，但两个月后孩子就夭折了。他看着病重的孩子却束手无措，"到了这种地步，医学的力量已经到了'极限'。这个小生命与死神奋力抗争的努力，决定了她的生命还能维持多久。然而如果双方在这期间的某种情况下达成和解，她就得救了"。第二年，次女留女子出生。当他目睹孩子顺利降生时，"满心都是感动，同时生出一股感激之情，内心寻求着一个能明确表达谢意的对象"。这前后心境的剖白或许说明，一个生命的逝去与一个新生命的诞生悄悄改变了志贺固执又扭曲的性格，使他能谦虚地认识自己、理解他人，最终能够以豁达的胸怀重新面对与父亲的关系。

作者曾说，《和解》是他文学创作中最具代表性的佳作。看来，志贺自己对这部小说是相当满意的，倾注了他最热烈的情感。当今社会，我们每个人遇到无法苟同的人与事，转身离去或许能解一时之忧，而寂寞的暗影将长久存留于心底。那么为什么不勇敢地向前迈出一步，直面人生呢？《和解》正是这样一部带给我们勇气的小说。

《一个男人和他姐姐的死》是最令我感动的。作者发自灵魂深处的表白，那么纯粹、真实，清澈见底。从那里，我们窥见了自己的影子。

今日是中秋节，夜已深，我该去户外旷野看一看天边明月的清辉，听一听草间秋虫的鸣唱。

陈若雷
2021 年中秋月圆之夜

志贺直哉年谱简编

1883 年　　2 月 20 日生于宫城县牡鹿郡石卷町，是父亲直温、
　　　　　母亲银的次子。长子直行夭折于前一年。父亲直温
　　　　　毕业于庆应义塾，当时任职于第一银行石卷支店。

1885 年　　2 岁。随父母迁居东京，与祖父母同住。祖父直道出
　　　　　身于代代侍奉相马藩的武士世家，此时仍担任相马
　　　　　家的总管。

1889 年　　6 岁。9 月入学学习院初等科。

1890 年　　7 岁。4 月祖父直道辞去相马家总管之职，并将户主
　　　　　的名号让与直温继承。

1893 年　　10 岁。6 月祖父因旧藩主之死遭到诬告，入狱数月。

1895 年　　12 岁。8 月母亲银病逝。9 月入学学习院中等科。秋，
　　　　　父亲再婚。继母名浩。

1898 年　　15 岁。除体育课之外成绩不佳，留级一年。

1901 年　　18 岁。7 月参加无教会派基督教传道者内村鉴三主

讲的夏季讲谈会,此后七年时常在内村门下听讲。11 月关注足尾铜山矿毒事件,欲前往视察,遭到父亲激烈反对,父子关系由此开始长年不和。

1902 年　　19 岁。7 月再次留级。与武者小路实笃成为同级同学。

1903 年　　20 岁。7 月学习院中等科毕业。9 月入学学习院高等科。

1904 年　　21 岁。开始尝试写作,创作剧本等。热衷阅读国内外文学作品,并开始向校友会杂志《学习院辅仁会杂志》积极投稿。

1906 年　　23 岁。1 月祖父直道去世(享年 80 岁)。7 月学习院高等科毕业。9 月入学东京帝国大学文科大学英文科。同年听了夏目漱石关于十八世纪文学的课程。

1907 年　　24 岁。8 月决意与家中女佣结婚,遭到全家反对。广泛阅读二叶亭四迷、尾崎红叶、幸田露伴、泉镜花、夏目漱石,以及莫泊桑、果戈里、契诃夫、屠格涅夫等国内外作家的作品。

1908 年　　25 岁。1 月创作处女作《非小说,祖母》,后改题为《某个早晨》。7 月与武者小路实笃、木下利玄等四人创办传阅杂志,越发致力于创作活动。8 月在上述传阅杂志发表《到网走去》,获得同伴好评。夏,与内村鉴三疏远,从英文科转至国文科,但长期缺席。

1910 年　　27 岁。4 月与武者小路实笃、里见弴等人创办的文艺杂志《白桦》由洛阳堂正式发行,并于创刊号正式刊载《到网走去》。6 月征兵体检合格,12 月加入市川的炮兵连队,因耳疾于八天后免除兵役。

1911 年　　28 岁。2 月从东京帝国大学正式退学。12 月创作《为了祖母》。

1912 年　　29 岁。1 月于《白桦》发表《为了祖母》。2 月于北原白秋主编的《朱栾》发表《母亲的死与新的母亲》，这是在《白桦》之外的正规杂志上首次发表作品。(这一年 7 月 30 日明治天皇驾崩，改元大正。)9 月在《中央公论》发表《大津顺吉》，首次获得稿费。10 月因《留女》的出版费用问题与父亲发生争执，决心自立。11 月赴尾道、广岛等地旅行后，落脚于尾道土堂町。开始创作《暗夜行路》前篇的雏形。

1913 年　　30 岁。1 月于《读卖新闻》发表《清兵卫与葫芦》，出版首部作品集《留女》(洛阳堂)，卷首语为：献给祖母。4 月得知《留女》获夏目漱石赞赏。8 月 15 日与《白桦》同人里见弴散步途中被山手线电车撞致重伤。9 月创作《仁兵卫的初恋》，但未能完稿。《范的犯罪》完稿。10 月 18 日赴城崎温泉疗养，宿于三木屋，继续创作《暗夜行路》前篇。11 月由城崎温泉前往尾道后返回东京。12 月接受夏目漱石的邀约，允诺在《朝日新闻》连载小说。

1914 年　　31 岁。1 月迁居至东京府下大井町。4 月巡游京都、城崎、鸟取等地。《白桦》发行五周年。6 月迁居松江市。7 月连载小说进展不顺，上京拜访漱石，解除连载之约。返回松江。夏，赴鸟取县境内的名胜大山游览，所见景色成为日后代表作《暗夜行路》末尾篇章的重要素材。10月创作《时任谦作》(《暗夜行路》前篇草稿之一)、《寓居》,之后三年没有创作。12月21日不顾父亲反对,与勘解由小路康子(武者小路实笃的表妹)结婚。(康子为再婚,时年25岁。)

1915年　32岁。2月迁居至京都。3月将户籍移出本家,自立门户。5月迁居至镰仓。为了让患神经衰弱的妻子得到休养,到赤城山大洞的猪谷旅馆小住。委托旅馆主人建造山间小屋,并移居此。10月接受《白桦》同人柳宗悦的建议,迁至千叶县我孙子市。

1916年　33岁。6月长女慧子出生,生后五十六天夭折。这年夏目漱石病逝(享年49岁)。

1917年　34岁。4月沉寂三年后再度开始创作。5月于《白桦》发表《在城崎》。6月于《新潮》发表《佐佐木的遭遇》。7月女儿留女子出生。9月于《新小说》发表《赤西蛎太的初恋》(后改题为《赤西蛎太》)。同月,与父亲达成和解,十五天之内写成《和解》。

1919年　36岁。4月于《白桦》十周年纪念号发表《流行感冒与阿石》。7月出生不久的长子直康夭折。12月创作《学徒的神》。

1920年　37岁。3月创作《山中生活》(后改题为《篝火》)。5月女儿寿寿子出生。8月创作《真鹤》。同年将八年前开始创作的长篇草稿正式命名为《暗夜行路》,继续创作。

1921年　38岁。1月于《改造》开始连载《暗夜行路》前篇。

8月祖母去世（享年85岁）。11月赴大阪、奈良、京都一带巡游。自年末开始，为神经痛所苦，卧床八十余日。

1922年　39岁。1月开始在《改造》连载《暗夜行路》后篇。同月女儿万龟子出生。

1923年　40岁。1月于《改造》继续连载《暗夜行路》后篇，之后三年，连载休止。2月着手创作《雨蛙》。3月迁居京都市上京区。9月关东大地震。《白桦》自八月号起停刊。10月移居至京都府宇治郡山科村。

1924年　41岁。1月于《中央公论》发表《雨蛙》。

1925年　42岁。4月移居奈良。5月次子直吉出生。6月至翌年1月于《改造》等杂志分别发表《矢岛柳堂》的四个章节。

1926年　43岁。11月至12月于《改造》连载《暗夜行路》。这年12月25日大正天皇驾崩，改元昭和。

1927年　44岁。1月起于《改造》继续连载《暗夜行路》至12月，其间休载五次。

1928年　45岁。1月继续于《改造》连载《暗夜行路》。6月于《改造》连载《暗夜行路》，其后休载近九年。7月写作《创作余谈》。

1929年　46岁。2月父亲直温病逝（享年76岁）。4月迁至奈良市上高畑的新居。10月女儿田鹤子出生。12月与尾崎一雄、里见弴等受南满铁道株式会社之邀前往大连、北京、哈尔滨等地游览一月余。从这年起，停止创作约五年。

1933 年　　50 岁。9 月于《中央公论》发表《万历赤绘》。

1935 年　　52 岁。3 月继母浩病逝（享年 62 岁）。

1936 年　　53 岁。5 月由伊丹万作导演的《赤西蛎太》上映。

1937 年　　54 岁。3 月为了即将出版的全集，将休载九年之久
　　　　　的《暗夜行路》完稿。4 月于《改造》发表《暗夜行路》
　　　　　最终回（连载跨越十七年）。9 月由改造社陆续出版《志
　　　　　贺直哉全集》。

1938 年　　55 岁。4 月从奈良搬回东京。5 月写作《续创作余谈》。
　　　　　6 月九卷本《志贺直哉全集》完结。

1940 年　　57 岁。5 月在世田谷区购置房产，改建后迁入。

1941 年　　58 岁。7 月成为帝国艺术院会员。

1942 年　　59 岁。2 月发表题为《新加坡陷落》的随感（广播）。
　　　　　6 月发表《龙头蛇尾》后断笔约三年半。

1945 年　　62 岁。8 月日本宣布投降。参加内阁发起的恳谈会
　　　　　（"三年会"）。9 月在"三年会"成员的基础上结成"同
　　　　　心会"，筹划岩波书店《世界》杂志，并负责创作栏
　　　　　的企划。

1946 年　　63 岁。1 月于《世界》创刊号发表《灰色之月》。

1947 年　　64 岁。2 月以一年为期，担任日本笔会会长。

1948 年　　65 岁。8 月于《文艺》发表《太宰治之死》，回应太
　　　　　宰治自杀前发表的随笔《如是我闻》中针对自己的
　　　　　言论。

1949 年　　66 岁。11 月获得文化勋章。

1951 年	68 岁。2 月出版短篇集《山鸠》。
1952 年	69 岁。5 月与梅原龙三郎、柳宗悦等飞赴欧洲各地游览。8 月因在伦敦患病而提前回国。
1953 年	70 岁。11 月创作《朝颜》。
1955 年	72 岁。4 月写作《续续创作余谈》（发表于《世界》六月号）。5 月迁入位于涩谷区、由谷口吉郎设计的新居。6 月由岩波书店出版的十七卷本《志贺直哉全集》发行。
1959 年	76 岁。6 月由河出书房新社出版美术图录《树下美人》。秋，《暗夜行路》由东宝拍摄成电影（丰田四郎导演）。
1960 年	77 岁。1 月出演 NHK 纪录片《志贺直哉》。
1963 年	80 岁。8 月于《新潮》七百期纪念号发表《盲龟浮木》。
1965 年	82 岁。11 月由集英社出版《志贺直哉自选集》（430 册限定版）。
1971 年	88 岁。10 月 21 日在东京病逝。于 26 日举办无宗教葬礼。

吴菲编译

图书在版编目（CIP）数据

和解：志贺直哉中篇小说集 /（日）志贺直哉著；
陈若雷译 . -- 北京：北京联合出版公司，2022.2
ISBN 978-7-5596-5769-5

Ⅰ . ①和… Ⅱ . ①志… ②陈… Ⅲ . ①中篇小说－小
说集－日本－现代Ⅳ . ① I313.45

中国版本图书馆 CIP 数据核字 (2021) 第 247517 号

和解：志贺直哉中篇小说集

作　　者：[日] 志贺直哉
译　　者：陈若雷
出 品 人：赵红仕
策划机构：明　室
策 　 划 人：陈希颖
特约编辑：廖　婧
责任编辑：李艳芬
装帧设计：山川制本 workshop

北京联合出版公司出版
（北京市西城区德外大街 83 号楼 9 层　 100088）
北京联合天畅文化传播公司发行
北京市十月印刷有限公司印刷　新华书店经销
字数 155 千字　787 毫米 ×1092 毫米　1/32　8.5 印张
2022 年 2 月第 1 版　2022 年 2 月第 1 次印刷
ISBN 978-7-5596-5769-5
定价：52.00 元